集英社オレンジ文庫

神招きの庭 7

遠きふたつに月ひとつ

[illegible]乃桜子

本書は書き下ろしです。

【目次】

【人物紹介】
綾芽
神命を退ける「物申」の力を持つ少女で、二藍の妃。二藍を人に戻す方法を探している。
二藍
兜坂国の王弟。神と人の性質を持ち、心術を使う「神ゆらぎ」で、先の陰謀から国を救った功により、春宮に任じられる。
鮎名
一花の妃宮。大君の妃で、現在の斎庭の主。

大君
兜坂国の今上で、二藍の兄。
二藍の身を案じている。
十櫛
小国・八杷島の王子。
客分として兜坂国の宮廷に
預けられている。
羅覇
八杷島の祭官。
以前は「由羅」と名乗り、
綾芽の同僚として斎庭に潜入していた。
イラスト／宵マチ

【用語集】

斎庭（ゆにわ）

兜坂国の後宮。神を招きもてなす祭祀の場である。大君の実質的な妃以外に、神招きの祭主となる妻妾たちも暮らしており、名目上の妻妾たちを「花将（かしょう）」と呼ぶ。

外庭（とつにわ）

官僚たちが政（まつりごと）を行う政治の場。斎庭と両翼の存在である。

兜坂国の神々

多くは五穀豊穣や災害などの自然現象を司る。基本的に人と意志疎通はできず、祭祀によってのみ働きかけることができる。その姿は人に似たものから、動物や昆虫などさまざまな形をとる。

玉盤神（ぎょくばんしん）

西の大国、玉央（ぎょくおう）をはじめとする国々を支配する神。厳格な「理（ことわり）」の神で、逆らえば即座に滅国を命じられる。

神ゆらぎ

王族の中にまれに生まれる、人と神の性質を併せ持つ者。心術などの特殊な力が使えるが、その神気により人と交わることはできず、神気が満ちすぎれば完全に神と化してしまう。

物申の力（ものもうし）

人が決して逆らえない神命に、唯一逆らうことのできる力。綾芽だけがこの能力を有している。

神金丹（しんこんたん）

神ゆらぎが神気を補うための劇薬。八杷島によって兜坂国に持ち込まれた。

的

玉盤神の一柱である号令神を国に呼び、滅国を招くとされる特別な神ゆらぎ。各国にひとりいて、はじめに神と化した的の祖国が滅ぶ。他国の的を破滅させようと暗躍している国がある。

神招きの庭
かみまねきのにわ
遠きふたつに月ひとつ
7

第一章　その男、胸のうちに秘を隠す

冷たい月影がさしこむ室のうちで、男が数人話しこんでいた。

「――では結局、二藍の企みは潰えたのですか」

「信じがたい。あの男は、本気で祭祀を捨て去ろうとしていたはずだ」

「もはや兜坂国に、滅びを避ける目はなかったでしょうに」

次々とあがる憤りと戸惑いの声はみな、異国の言葉で紡がれていた。兜坂国の西、廻海に浮かぶ広大な玉盤大島。その盟主たる大国・玉央で話されている言語である。

「子細はわからぬが――」

と、もっとも年嵩と見える白髪の男が重々しく口をひらく。「忌々しくも兜坂国が生きながらえたのは事実であろう。かの国は祭祀を失わず、二藍を神とも化させなかった」

つまり――とその場を見渡し、嚙みしめるように結論する。

「兜坂は破滅を回避してのけた。号令神に滅亡に導かれるのがどの国となるかは、いまだ決していない」

廻海の国々に君臨する、厳しき理の神々、玉盤神。

その一柱に、号令神と呼ばれる神がいる。数百年に一度、廻海の国々のひとつを訪れ、避けがたい滅びを命じる神である。

号令神がどの国を訪れるかを決めるのは、明快な理だ。すなわち、各々の国に生まれた神と人のあいだを揺らぐ神ゆらぎのうち、とくに選ばれし者――『的』が、一線を越えて神と化してしまったとき、その者の祖国が滅ぼされるのである。

それで廻海の国々は、自国の『的』が神と化さぬように守りつつ、他国の『的』を絶望に追いたて、神気をあふれさせ、破滅に導かんと激しく駆け引きを繰り広げている。

つい先日、兜坂の祭祀を司る場――斎庭で、春宮（王太子）二藍が引き起こした騒乱もそのような謀の巡らせ合いの末に起こったものだった。

兜坂国の『的』である二藍は、自分が神と化してしまえば、号令神を呼びこみ祖国を滅ぼしてしまうと知っていた。その最悪の結末を避けるため、兄王である大君・楯磐や斎庭の主たる妃宮・鮎名など上つ御方をことごとく幽閉し、兜坂国独自の祭祀を捨てて玉央の属国になりさがってでも国の延命を期すよう迫ったのである。

しかしいかなことか、訴えは退けられたらしい。すでに斎庭は、なにごともなかったように落ち着きを取りもどしてしまっている。

号令神をめぐる水面下の戦いの行方を見極めるため、祖国玉央から送りこまれた間諜であるこの場の男たちにとって、その決着はまったくもって解せなかった。

「二藍は今にも神と化してもおかしくはなかったのです。であるからこそそうなる前に、なんとしてでも祭祀を捨てることで、号令神による滅亡だけは避けようとしていたはずだ。なぜ企ては食いとめられたのですか」

「噂によると、突如現れた二藍の妻が押しとどめたとか」

「妻?」男たちは顔を見合わせた。「あの男に妻などがいたのですか。兜坂の神ゆらぎは妻帯できぬと聞いていましたが」

「それがおったらしい。どこの出自かもわからぬ、『綾の君』なる女と聞いた」

白髪の男は室の奥、月光すら届かぬ御簾のさきを思わせぶりに見やった。

御簾向こうの暗がりには、袍をまとった男が座っている。黙って会話に耳を傾けている。

まあ、と間諜のひとりが鼻で笑った。

「綾でも莢でもよいでしょう。どちらにせよ決着は遠くない。いかに今いっときを切り抜けようと、哀れな二藍を救う知恵など兜坂にはありません。遠からずあの男は運命に絶望し、神気をあふれさせ神と化し、祖国を滅ぼすに違いない」

さもありなん、と男たちは嘲笑した。兜坂国には知恵がない。号令神の真実も、『的』の仕組みもなにも知らない。ゆえにどれだけ足掻こうと、結末は微塵も揺らがない。

しかし、である。

「そう簡単な話でもなくなったのかもしれぬ」

と白髪の男が浮かない顔をしたので、男たちは冷や水を浴びせられたがごとく笑いを収めた。

「……と仰りますと？」

「二藍の反乱に前後して、都に滞在していた八杷島の王子と祭官が姿を消した」

「八杷島の王子と祭官……十櫛と羅覇が、ですか」

にわかに間諜たちは落ち着きを失った。

八杷島は、兜坂と玉盤大島のあいだの海にぽつりと浮かぶ小国である。小国ではあるものの、海の要衝であり、古くより続く知恵多き国と一目置かれていた。

しかし今は玉央の策略に嵌まり、王太子にして『的』である鹿青の心を絶望に侵されてしまっている。

このままでは鹿青は遠からず神と化し、号令神を引き受けるのは八杷島と決まってしまう。それで八杷島の祭官・羅覇は、身命をなげうってでも鹿青と国を救おうと、ここ兜坂国にて暗躍していた。人質として兜坂に住まう八杷島の王子・十櫛も、羅覇の企てに手を貸していたはずだ。

その羅覇と十櫛が、忽然と消えてしまったという。

「企みが露見して、兜坂の宮廷に捕らえられてしまったのではありませんか？」

八杷島と鹿青を救うには、鹿青の代わりに他国の『的』を破滅させるしかない。それで羅覇は二藍を絶望に追いこもうとしていた。それが知られたのか。

だが白髪の男は眉間に皺を寄せる。

「事態はいっそう悪いかもしれぬ。兜坂は、羅覇らを捕らえたわけではなく、その逆――手を結んだのかもしれぬ」

「……まさか、なんのためにです」

「決まっているであろう。知恵を寄せ合い、号令神の脅威を退けるため、そして我ら玉央に対抗するためだ」

男たちは息を呑んだ。

兜坂と八杷島が結ぶ。陥れようとした玉央に反抗を試みる。

本来ならばありえない。これは兜坂と八杷島、どちらかが必ず滅ぶ争いだ。兜坂国を滅ぼさねば、八杷島国こそが滅国させられる。玉央国が、そうなるようにことを運んだのだ。

だから玉央は、ただ静観していればよかった。逸って手を出さずとも、両者が勝手に互いを敵とみなしてつぶしあってくれる。そう、高をくくっていた。

その構図が崩れたというのか。

「兜坂は無知なる国だが、愚かではないのだろう。なにも手を打たねば、二藍が長くはもたないと気がついたに相違ない。ゆえに羅覇や十櫛となんらかの取引をして、二藍を救う知恵を得ようとしているのやもしれぬ」

兜坂は知恵なき国だ。二藍を助けることなど叶わない。

だが八杷島が兜坂と結び、知恵を授けたのなら話は変わる。『的』をめぐる戦いは膠着状態に陥って、高みの見物を決めこんでいた玉央もうかうかしてはいられなくなる。

「……つまりは、二藍の反乱が阻止された真の理由は、二国が同盟したからだと？」

八杷島の知恵を得たからこそ、ひとまず二藍は猶予を得た。兜坂は祭祀を失わずともよくなった。

男たちは信じがたいようだった。否、信じたくないようだった。

「確かに二国が結べば兜坂には利があります。しかし八杷島になんの益があるのです」

「そもそもあの羅覇が、二藍などを助けるとお思いか？」

そうだそうだ、と笑い声があがる。しかしそれも長くは続かず尻すぼみに立ち消えて、自然とみなの目は、室の最奥、闇のこごったような御簾のさきへ注がれた。

「……どうなのですか、殿下」

意を決したように、誰かが御簾の奥へ座した男へ声をかける。

「あなたさまならば、ご存じでしょうに」

御簾の向こうから返答はない。静まりかえっている。

「黙っておられるおつもりか？　できませぬよ。あなたさまは我らが主と通じ、国を裏切ったのだ。すなわちここにいる我らとも、すでに命運をともにしている」

白髪の間諜がいっそう厳しい声で問いただすと、ようやく御簾の奥で男は扇をひらいた。

肩がわずかに震えている。

怯えているのか。

違う。笑っている。

「不安に思わずともよいのだ、玉央の間諜どもよ」

御簾向こうの男はおかしそうに笑い声をあげた。

「わたしが知りうるすべては明かしたではないか。有朋の兄君が、大君に譲位を迫ったことも、その企てが『綾の君』なる兄君の妻により潰えたことも事実だ」

「では、羅覇と十櫛がいなくなったのはなにゆえです」

「羅覇は兄君が捕らえたのであろうよ。十櫛が消えた理由までは知らぬ。斎庭にいるのやもしれぬが、わたしは斎庭の者ではないから子細はわからぬ」

「まことに知らぬのですか。あなたさまほどの地位にあろう御方が？」

「お前たちは斎庭を解しておらぬな。あれは大君とその妻妾、そして神ゆらぎの場ぞ。わたしに内情などわかるわけもない。だが――」

　男はゆっくりと立ちあがった。ほんのりと赤い唇に笑みを乗せ、袖に隠れた指先で御簾を持ちあげる。

「いまや斎庭の女どもよりわたしのほうが、神ゆらぎのなんたるかを知っている。玉盤神を深く理解している。我が国がいかに無知なのかも、どう手を尽くしたところでお前たちの国に太刀打ちできぬとも悟っている。ゆえにわたしは、お前たちの主に与したのだよ」

　男は袍をまとっている。

　色は赤紫。紫は兜坂の王族だけに許された色だ。

「よいことを教えてやろう」

　と男は雅やかに御簾をくぐり、月影の中に姿を現した。

「明朝、八杷島への国書を預けられた者が都を出立する。もしその一行から国書を奪えば――お前たちは兜坂の次の一手を妨害できるうえ、兜坂の王が八杷島と結んだのか、それとも対立すると決めたのかを知れるであろう」

なんと、と間諜たちは色めきだった。みすみす八杷島の祭官を奪われたと知られれば、今は兜坂を離れている上官からおぞましい罰を下されるのは避けられない。だが国書さえ奪えれば挽回できる。日照りに雨だ。

「八杷島へ遣わされる一行は、昼ごろ早岐峠を越すと聞いた。襲うならばそこがよい。路が狭くて逃げ場もないゆえ、皆殺しにして国書を奪えるはずだ」

「まことなのか。信じてよいのか」

「当然」

赤紫の袍をまとった男は、うすら笑みを浮かべた。

「わたしが正しいのだと、あの御方に心より知らしめてみせよう」

＊

穏やかな日差しの中、荷車を引いた一行が、早岐峠を越える坂をのぼっていく。

人数は十数名で男女が半々ほど。中級女官がひとり混じっているほかは麻衣をまとった者ばかりで、一見すると税を納めるため都にのぼったどこぞの郡領の使いが、市で買い物をすませて帰ってゆくように見える。

その一行の最後尾近くで、娘がふたり、ひそかに言葉を交わしていた。

「急な出立だからどうなるかと思ったけれど、なにごともなく都を発てたわね」

「今のところは。あとはこの早岐峠を無事に越えられればいいんだけど」

それは荷運びの女丁に身をやつした、綾芽と羅覇だった。

これから綾芽は、この八杷島の祭官と連れだって、八杷島の王太子である鹿青にかけられた心術を解きにゆく。それが、二藍を助けてもらう代わりに結んだ約定だ。

しかし兜坂国から八杷島に渡るのは容易ではない。外の海へと出航できるのは、都からはるか西に離れた佐太湊だけである。どんな者であろうと海を渡ろうとすれば、まずは陸路か近隣の泊から船に乗るかして、佐太湊へ向かわねばならない。

賊に襲われる危険をかんがみて、大君は綾芽に船旅を命じた。それで綾芽たちは今、最寄りの港である紡水門に急いでいるのだった。紡水門への道中は、早岐峠を必ず越える。昼でも鬱蒼と繁り、狼のうろつく路である。

「無事に抜けられるに決まってるでしょう？　のぼり坂の終わりはもうすぐそこよ」

「そうだけど――」

綾芽は空を仰いだ。じきに正午だから、あと四半刻もすれば峠は抜けるだろうけれど。

「このあたりは路が狭いから、逃げ場があんまりないんだ。しかも両側はくだりの斜面だ。路を逸れて逃げたとしても、路の上から矢を射かけられて不利になる」

「……なるほどね。つまり、もし玉央の者にわたしたちの出立が嗅ぎつけられてしまっていたら、襲ってくるのはこのあたり。それであなたは心配顔をしてるってわけね」

「うん、なにごともなければいいけど」

　都には、羅覇を監視するために遣わされた玉央の間諜がひそんでいるという。その者らの影が迫る今、大君は、綾芽と羅覇をなんとしてでも無事に八杷島へ渡さねばならぬと考え一計を案じた。ふたりとその警護の一行に荷運びを装わせ、一刻も早い出立を命じたのである。だから玉央の間諜は、綾芽たちが発ったとまだ知らずにいるはずだ。

　とはいえ、万が一ということもある。

　と、さきを行く、中級女官の装いをした佐智が「大丈夫だよ」と笑って振り返った。

「ここにいるのは選りすぐりの手練れの舎人ばかりだから、なにかあってもあんたらだけは絶対守るだろうよ」

「それは心強いけど」

「とにかくあんたらは、余計な心配なんてしないで体力を温存してな。あんたらが無事じゃないと、みんなの努力は全部水の泡なんだから」

ほら、これでも食って、と固めに炊いた米を握った頓食を手渡してくれる。綾芽は戸惑いつつも口に含んだ。たっぷりと振られた塩の味が、朝から歩きどおしの疲れた身体に染み渡る。

（……確かに佐智の言うとおりだな）

神祇を司る斎庭も、政務を司る外庭も、綾芽と羅覇を無事に送りだすため尽くしてくれた。身近な人々だってそうだ。佐智はこうして同行してくれるし、斎庭に囚われたことになっている羅覇の身代わりは、伎人面で羅覇に見せかけた女舎人の千古が引き受けた。今食べている頓食だって、友人の須佐が心を込めて握ってくれたものだ。

みなが綾芽に懸けてくれている。ならば不安になっている暇なんてない。

――それに。

綾芽は、隣で神妙な顔をして米を口に運んでいる羅覇を見た。

（この子のこと、まだ完全には好きになれないけど）

兜坂を滅ぼそうと躍起になっていた八杷島の面々も、今となっては滅びに抗う輩だ。佐太湊から海を渡るには八杷島の世話になる予定だし、なにより綾芽が不在のあいだ、綾芽の大切なひとの身を守ってくれるのは八杷島の知恵だ。八杷島の王子たる十櫛は昨夜、夜を徹して羅覇から『的』の神気を払う術を学んだという。もしまた二藍の神気を払わねばならなくなったとしても、心配はいらない。

いや、そもそも神気を払わねばならない事態には陥らないだろう。二藍は、自身を追いつめる絶望を乗り越えた。綾芽を信じて、帰りを待っていてくれるはずだ。

綾芽は頓食が包まれていた膳葉の葉を手に、ふと、梢の向こうに垣間見える青空を仰ぐ。

——あのひとはもう、目覚めただろうか。

焔の神を鎮め、激痛を伴う神気払いののちに臥せった二藍に、綾芽は行ってくると告げられないまま都を離れた。目が覚めて、すでに綾芽が発ったと知って、二藍はさみしがってはいないだろうか。

と考えてから、綾芽は小さく笑った。

（違うな。さみしいと感じているのはわたしのほうか）

せめて一夜くらい、思う存分語り合い、くだらない話で笑い合いたかった。綾芽の心の中にはいつでも寂しがり屋で甘えたがりの綾芽もいて、二藍に抱きしめてもらいたがっているのだ。

とはいえ先日までの、足元がぐらつくような不安はもう感じない。離ればなれになっても心はそばにあると知っている。だから怖くはない、進んでいける。

そう決意を新たにしたときだった。

ざわりと木々が不穏に揺れた。葉のこすれるさまが、弓が引き絞られる音に似ている気がして立ちどまると、羅覇が怪訝(けげん)そうに振り返る。

「どうしたの？」

「いや、木の葉が――」

と言いかけた刹那(せつな)だった。

「伏せろ！」

と誰かの鋭い声が飛んできた。考えるよりもさきに綾芽は身をかがめ、立ちつくしている羅覇の腕を引っ張りもろとも地に伏せる。したたか肩を地に打ちつけた羅覇は、「なにするの」と言いかけて喉(のど)を引きつらせた。

幾筋もの矢が木々の合間を縫い、ふたりの頭上を切り裂くように飛び去ってゆく。

「敵襲だ！」

すぐさま怒号が響いた。間髪(かんはつ)を容(い)れずに再び矢の雨が降り注ぎ、その背後から抜き身の刀を振りかざした男がわらわらと綾芽たちを襲い来る。数にして二十は堅い。

しかし綾芽を守る一行はひるまなかった。荷車の陰で矢をやりすごすと、隠し持っていた弓や太刀(たち)をとり応戦しはじめる。たちまち薄暗い峠道は、激しい戦いの場に変じた。

「綾芽！　こっちに来な！」

喧噪の間隙を突くように佐智に呼ばれ、綾芽は動転している羅覇の背を押して声のほうへ這っていった。荷車の陰までゆけば、矢をつがえて反撃の機会を窺う女舎人たちの傍らで、佐智が無傷の綾芽を認めてほっと息をついた。

「怪我はないね、よかった」

「今のところは。だけど」と綾芽は荷車の下から、激しく交錯している敵味方の足元を盗み見る。さきほど感じた不安が戻ってきている。

「これはどういうことなんだ。まさか玉央の手の者が襲撃してきたんじゃないだろう？」

「そのまさかだよ」

と佐智はあたりを見回しつつ、とんでもないことをさらりと答えた。「これは玉央のやつらに違いないね。あたしらを殺して、大君が八杷島へ宛てられた国書の中身を確かめる気だろう。あたしら兜坂と、八杷島の関係を探るためにね」

「つまりわたしたちが国書を運ぶ一行だってばれているってことか？　そんな、ほんのすこしの人しか知らない秘密だったはずなのに――」

「ともかく国書はまだしも、あんたを渡すわけにはいかないんだ。あたしらが注意を引きつけておくから、あんたと羅覇は賊に囲まれる前に右の斜面をくだって逃げな」

「みんなはどうする」

「手練ればかりだから簡単にやられたりしない。それに、こちらには秘策がある」

「秘策？」

「話はあとだ。とにかく行って、ほら！」

背を押され、綾芽は唇を噛みしめた。ここは言われたとおりにすべきなのだ。

「……わかった。じゃあまたあとで。羅覇、走れるか？」

「頑張ってみる」

だったらと綾芽は腰を低くして、周囲にすばやく目を走らせる。背後の斜面には茂みが続いている、こちらだ。羅覇の手を引き茂みに飛びこみ、ゆるやかな斜面を転がるように一気に駆けおりた。流れ矢が頭上を掠める。身をかがめ枯れ笹をかきわけ、懸命に路から離れた。羅覇がそう長く走れないのは知っているから、一度どこかに隠れなければ。

目についた四位の木陰に逃げこんで、なんとか一息ついた。来た道を窺うと、斜面の上からは変わらず叫び声と太刀の切り結ぶ音が響いている。だが、賊が綾芽たちを追ってくる気配はない。逃げたとも気づいていない。佐智たちが奮戦してくれているからだ。

「なぜこんなことになっているの。玉央はどうしてわたしたちの出立に感づいたの？」

荒い息を整えながら、羅覇が硬い表情で問いかけてきた。

「わからないけど、おそらくは――」

と綾芽は声をひそめる。一見ただの荷運びにすぎない一行が、この狭い峠で待ち伏せされて襲われたのだ。玉央の間諜たちは、この一行が国書を運んでいるどころか、どの路をいつ通るかまで把握していた。つまりは──

「わたしたちの出立を知っている誰かが、裏切ったんだ」

それも大君にごく近い者がだ。綾芽たちの出立は、そもそも斎庭と外庭の一握りの高官しか知らないはずだったのだ。

その深刻さに気づいて言葉を失っていると、誰かがこちらに駆けおりてくる姿が目に飛びこんできた。佐智だ。肩に血が滲んでいる。綾芽は急いで四位の木の陰に引きいれた。

「佐智、血が!」

「矢が掠っただけだよ、たいした怪我じゃないから気にすんな」

「気にするにきまってる! 今手当てするから。いや、まずここからもっと離れないと」

綾芽は慌てて立ちあがろうとする。だが佐智はそんな綾芽を引き留め、歯を見せた。

「大丈夫、落ち着けって。これ以上逃げる必要はないよ」

「なに言ってるんだ。どう見てもこちらは防戦一方、押されてるじゃないか」

それどころか、と綾芽は路を仰いで唇を噛みしめる。国書を隠していた荷車はすでに賊の手に落ちているではないか。

それでも佐智は飄々とした態度を崩さなかった。

「舎人はみんな有能だよ。まだ誰も大怪我なんてしてないし、あたしらが勝つのは目に見えてる。ありがたくもちょうど正午がやってくるから、敵はもうすぐ一掃されるよ」

「だけど――」

と言いかけた綾芽の口を、突如佐智は、し、と押さえた。

「静かに。おいでなすったよ」

いったいなにが、と問いかけた綾芽は、声を呑んで振り向いた。

背後から、何者かが近づいてくる。

人ではなく、かといって獣とも言いきれず――それが綾芽の脇を猛烈な勢いで駆け抜ける瞬間、佐智が叫んだ。

「みな退け！」

とたんに舎人たちは、戦いを放りだした。一斉に賊に背を向けて、脇目も振らずに両側の斜面に身ひとつで逃げだしてゆく。

突如潰走をはじめた舎人たちに、賊は啞然としたようだった。それでもすぐに、追い討ちをかけんと雄叫びをあげ、刀を振りかぶり、弓を引き絞る。

しかし、それもわずかな間だった。

黒き影が斜面を駆け、路へと躍(おど)りあがる。

一瞬の静寂(せいじゃく)ののち、つんざくような悲鳴が響き渡った。

逃げ惑い、命乞いをする声。そのすべてを掻き消すような、恐ろしい獣(けもの)のうなり声。

「おいでくださったな」と安堵(あんど)の息をついた佐智に、綾芽は目を剝(む)き問うた。

「今駆け抜けていったのはなんだ。まさか――」

そのとおり、と佐智はにやりとした。

「あたしらがお呼び申しあげた神だよ。早岐峠におわす、早岐の狼神だ」

「神……」

逃げ惑う男たちが、木立の向こうに見え隠れする。その合間を、巨大な狼の影が舞い踊るように飛び跳ねていた。


やがて狼の吼(ほ)える声も、賊の悲鳴もみな尽きた。

幸いにも、狼神が訪れる直前に逃げだした舎人たちは全員無事だった。佐智をはじめ幾人かの怪我の手当てをすませてから、綾芽たちは再び斜面をのぼった。土を突き固めた路にはすでに神の姿はなく、矢衾(やぶすま)にされた荷車がふたつ、ぽつんと路に残されているほかは音もない。

玉央の手の者は、ひとり残らず息絶えていた。

「最初から、早岐の狼神にけりをつけてもらうつもりだったんだな」

惨状に思わず催した吐き気をなんとか我慢して、綾芽は佐智に問いかけた。

「斎庭が動いてくれたんだ。あらかじめ狼神を斎庭に招いて、わたしたちを助けてくれるよう願っておいたんだろう？」

こうして全員無事のうえに相手に敗走さえ許さなかったのは、この早岐峠におわす狼の神がやってきて、敵を喰い殺してくれたおかげだ。

もちろん、都合よく神が加勢してくれるわけはない。狼神が賊を食い荒らしたのは、はじめから斎庭がそう仕向けていたからだ。

「そのとおりだよ」と佐智は、荷車の荷を検めながら相好を崩した。「昨夜、早岐の狼神を斎庭にお招き申しあげてね。お頼みしたわけだ」

「わたしたち兜坂の者に手を出さず、玉央の間諜だけを喰らってくださるようにか」

「いいや、こう申し奉ったのさ。『明日の正午、早岐峠を越える路の上にいる者のすべてを供物としてさしあげます』ってな」

「すべて？」

「そう、すべてだよ。神に――それも獲物に飢えた荒れ神に、どこの国の者かを区別できるわけないし、そもそも早岐の神は喰えればなんでもいいわけで、区別する気もない。早岐の狼神は、この峠を越えようとする者を誰彼構わず襲うだろ？」

　佐智の言うとおり、早岐峠の狼神は一度荒れると手がつけられず、峠を越えようとする人々に次々と襲いかかる恐ろしい神として知られている。ゆえに斎庭(ゆにわ)では年に一度は必ず招き、丁重(ていちょう)にもてなし鎮めていた。

「そういう早岐の神の質(たち)を、昨夜の妃宮(きさきみや)は逆手にとったんだ。妃宮は、早岐の狼をあえて怒らせるような荒々しい祭礼を執(と)り行ったんだよ」

　早岐の狼を荒れ神と化させて、確実に人を襲うよう仕向けたのだ。

「そんな真似をしたら、峠を越える人々全部を襲いはじめるんじゃないか」

「当然そうならないように、こちらで供物を定めさせていただいたわけさ」

「……そうか。それが、『正午に早岐峠の路の上にいる者の命をさしだす』って約束か。血に飢えた早岐の狼は供物を受けとろうと、この場に正午に現れる。そうして路の上にいる者すべてを喰らい尽くそうとする」

　斎庭はそれを狙っていた。荒れ神を鎮めるための供物を利用して、こちらの望んだ時刻、望んだ場所にいる者だけを牙にかけるよう神を動かした。神が来ると知っていれば、賊を打ち負かす必要なんてない。神の到来までもちこたえさえすればいい。

「だからみんな、佐智の呼びかけで一斉に賊に背を向け逃げだしたんだな」

「そういうこと」

そしてなにも知らぬ玉央の賊だけが狼の餌食になった。

「待ってくれ。じゃあ佐智ははじめから、ここで玉央の間諜に襲われると知っていたのか。……いや違うな、ここで襲わせるため、わざと秘密を漏らしておびき寄せたんだろう？」

あえて綾芽たち一行が出立する計画を漏らすことで、玉央の間諜をこちらの思うように動かしたのだ。

まあね、と佐智は首のうしろに手をやった。

「玉央の間諜は得体が知れなかっただろう？　だからこそ、この機会に出し惜しみなく手勢を投じてほしかった。ここで勝負を懸けてほしかった」

今叩きのめさねば、しつこく狙われ続けるかもしれない。ならばこの早岐峠で、早岐の狼神の力を借りてけりをつける。大君や鮎名はそう決めたのだ。

「だけどわたしたちが八杷島に発つとは、限られた上つ御方しか知らないはずだ。てことはその上つ御方のどなたかが、賊を罠に嵌めたのか？」

間諜の味方のふりをして、綾芽たちが八杷島に向かうと教えた。それとなく早岐峠が攻め時だと教え、そこで襲うよう仕向けた。

その者を信じきっていた間諜たちは、まんまといいように踊らされた。

「いったいどなたが、そんな大それた役を担ったんだ」

兜坂を裏切り玉央に通じたように見せかけて、その実、玉央を裏切っていた。間諜を狼の餌食にさしだした。そんな途方もないことを為したのは、いったい誰なのだ。

思いあたらず考えこんでいると、佐智は思わせぶりに身を寄せてきた。

「驚くかもしれないけど」

「……誰なんだ」

「二藍さまの異母弟、治部卿宮の有常さまさ」

＊

「なんだ二藍、起きていたのか？」

いつもどおりに端然と座した二藍をひとめ見るや、鮎名はおおげさに目をみはった。

「そうきっちり装束して待っておらずともよかったのに。病みあがりなのだから、褥の上で、寝衣でいたって構わなかったんだ」

「そのようなみっともないさまをお見せするわけにはいきますまい」

二藍は顔を扇で覆い、ことさら平気なふうに言いかえした。

八杷島の知恵によって、二藍を追いつめた神気は払われた。しかしそれは身体を切りひらき、激痛を伴う技だったから、ついさきほどまで二藍は臥せっていたし、己の顔色がいたく悪いのも知っている。鮎名の言うとおり、病人らしく出迎えたほうが楽だったのは間違いない。

(だがわたしばかり、いつまでも寝ておれぬ)

二藍が目覚めたとき、すでに綾芽は去っていた。八杷島の王太子を救うという大命を帯びて、ひそかに発ったあとだった。二藍は、必ず為せると励ましの言葉を贈るどころか、帰りを待っているとと伝えることすらできなかったのだ。

ならばせめて綾芽が心おきなく役目を果たせるよう、この斎庭を支えねば気がすまない。休んでなどはいられない。

と、鮎名はおかしそうな顔をした。

「無理をせぬよう見張っていてほしいと綾芽に頼まれているぞ。お前はやせ我慢ばかりが得意だから、とな。あの娘をあまり心配させるな」

二藍は「気をつけます」と咳き払いするしかなかった。綾芽も鮎名も、二藍の気負いなどお見通しなのだ。

「それで妃宮、こたびはどのようなご用件でいらっしゃったのです」

少々気まずく尋ねると、鮎名は重ねて笑って、御簾も隔てず二藍の面前に腰をおろした。

「さきほど早岐峠から知らせが届いてな、一行は無事に峠を抜けたようだ。こちらの思惑どおり、早岐の狼が賊を平らげてくれたという。佐智と舎人の幾人かが怪我をしたものの、たいしたことはないそうだし——」

無論、と表情を緩める。

「綾芽も、怪我もなく無事だと聞いた」

その言葉を耳にして、二藍はようやく肩の力を抜いた。

「……安堵いたしました」

早岐の神ははたして綾芽を守ってくれるのか。ずっとやきもきしていたのだが、どうやらうまくいったらしい。

「ずいぶんと胸をなでおろしているな」

「当然です。はっきりと申しあげますが、綾芽をあえて賊の襲撃に晒すとはあまりにも乱暴。生きた心地がいたしませんでした」

「そう目くじらをたてるな。我らは賊が幾人いるのかすら摑めていなかったから、こうして餌で釣っておびきださねばならなかったんだ。だがこれで賊のほとんどは狼の牙に倒れ、都に残っていた者も捕らえられた。敵の視線に怯え続けるよりははるかによかっただろう」

「そうではありますが」

　二藍はなんとも言い返せず、扇の向こうで息をついた。

　確かに鮎名の言うとおりではある。兜坂と八杷島が結んだかもしれないと知って、玉央の間諜たちは焦っていた。それゆえに、起死回生をかけてほとんどすべての手勢を早岐峠に向かわせ、結果壊滅させたのである。これですくなくとも紡水門までは、綾芽は危険に晒されずともすむだろう。大君と鮎名の策はぴたりと嵌まったのだ。

　とはいえ文句を言いたい気持ちもある。綾芽のことは信じているし、みなが綾芽を守ろうと努めているのも知っている。だがそういう信頼とは別のところで、大切な娘にすこしなりとも恐ろしい目に遭ってほしくないという欲もまた、二藍の中にはあるのである。どの口が言うと呆れられるのはわかっているから、正面切っては主張できないが。

「しかしまだ、すべてがうまくいったと考えるのは早計です。三つほど気にかかることもございます」

「なにが気になる」

　鮎名に尋ねられ、二藍は扇を畳んだ。

「ひとつは先日の付け火の件です。詮議にかけた間諜は、火などつけておらぬと申したそうではありませんか」

先日、何者かが斎庭と都に火を放った。大事にならずに消しとめられたものの、一歩間違えば大災害になるところだった。玉央の間諜の仕業かと思われたが、捕らえた者を尋問しても、関与などしていないという。

「真実だと思われますか」

「今のところはな。あの付け火は玉央に利するものではなかった」

「とはいえ火を放たれたのは都と斎庭の重要な一角。しかも斎庭に至っては、知恵なき娘に焔の神を招かせ火を放つという、まこと悪質なものでした。玉央の者以外が、かような暴挙を為すものでしょうか」

確かにな、と鮎名も考えこむ。長らく敵対していた八杷島と結んだ今、斎庭で神を利用してまで悪行を働いたのは玉央の手の者だと考えるのが自然だ。

「であれば間諜が嘘を吐いているのか？」

「やもしれません。……わたしが心術を用いられればよかったのですが」

心術で口を割らせれば、嘘かどうかなど瞬く間に判じられる。だが二藍の身にはもはや、心術をかけるほどの余裕がない。

内心悔しい気分でいると、「そのような顔をするな」と鮎名は声をやわらげた。

「心術など必要ない。そんなものに頼ってお前に負担をかけ続けてきた我らが間違っていたのだ。すまなかったな」

思わぬ謝罪を告げられて、二藍はなんと答えればよいのかわからなくなって、急いで話を戻した。

「気になることはまだございます。あのお話はまことですか」

「あの話？」

「八杷島に向かう一行を襲えと間諜をそそのかしたのは、わたしの弟宮である治部卿宮（じぶきょうのみや）――有常（ありつね）であると聞きました」

鮎名は嘆息（たんそく）した。「そのとおりだ」

「……そうですか」

二藍の表情は沈んだ。覚悟はしていたが、やはりそうなのか。

「間諜も愚かではありません。弟から聞かずとも、明朝ひそかに都を発った一行があって、それが八杷島に向かうかもしれぬと気がついたでしょう。ですが、『かもしれぬ』だけであれば、よほど慎重に行動したはずです。当然の警戒を怠（おこた）り、早岐峠に手勢を惜しみなく投じたのは、有常の助言を得たからこそ。それほどまでに玉央の者どもは、有常を信頼していた」

有常が国を裏切っていると心から信じていた。

「あの弟はそれほどまでに、国を陥れる者どもと深く関わっていたのですね。なんという愚かな真似を」

かつて二藍は、玉央と通じていた貴族をことごとく処断したことがあった。まさかここにきて、王族であり治部卿でもある弟が同じ過ちに手を染めていたとは。

「気持ちはわかるが落ち着け」

憤懣やるかたないといった二藍を鮎名はなだめた。「こたびの成果は、治部卿宮が兜坂のために働いたからこそでもある。治部卿宮が自ら力になると申し出たのだ。『都にひそんでいる玉央の間諜は、わたしが国を裏切ったと思いこんでいる。それゆえわたしが内情を明かすと伝えれば、飛びついてくるに違いない』と」

「それも、玉央の手の者とあらかじめ知己であったゆえに為せたこと。なぜあの弟は敵と通じていたのです。なんのために」

「その件だが実は、治部卿宮は自ら申し開きをしたいと訴えている」

「……わたしにですか？」

「そうだ。お前が望むなら会わせるが、どうする」

二藍はしばし考えこんだ。それから「会います」と小声で言った。

二藍の前に参じた有常は、常のとおりににこやかだった。

「兄君、ご息災でなによりです。『的』なるさだめが兄君を苦しめていたそうですね。斎庭を封じられたのもそれゆえだったとか」

「迷惑をかけたな。許せ」

「お気になさいませんように。すべては兄君の御身に宿る神の力があまりにも強いがゆえのこと。人としての兄君のお心が耐えられずとも仕方ありません」

「……そう申してくれればありがたい」

敬愛の滲んだ視線を直視できず、二藍は己の膝を眺めた。

この弟はいつもこのような目で二藍を見つめる。綾芽と出会う前、誰もが二藍を恐れていたころからそうだった。

そしてそのことに、かつての二藍はある種の救いも見いだしていた。有常の瞳を覗きこめば、二藍自身を含め誰もが嫌う神ゆらぎのこの身を、弟だけは厭うていないと知れる。生きていてよいのだと肯定された気分になれる。

だが――今となっては、見つめられるたびに追いつめられた気分になる。

軋む胸の痛みを抑えこんで口をひらく。

「こたび、八杷島へ向かう特使がつつがなく早岐峠を越えられたのは、お前の働きゆえと聞く。よくぞ助けてくれた」

「ありがたきお言葉――」

「しかしわたしは落胆もしたのだ。間諜どもが手勢をつぎこんだのは、お前を信じたからこそであろう。つまりお前はかねてより、あやつらの信を得るほどに玉央と通じていた。我らを裏切っていたのだな」

「まさか、滅相もございません！」

御簾の向こうで、有常は慌てたように身を乗りだした。

「お信じくださいませ。間諜どもになど、わたしはわずかたりとも心を許しておりません。そもそもあやつらに会うたのは、こたびが初めてなのです」

「初めてなわけがあるまい。幾度も会うて、我が国を覆す算段でもつけていたのだろう。そうでなければなぜ、玉央の間諜がお前に助けを乞うてくる」

「それは」と有常は一瞬言いよどみ、恥じたように瞼を伏せた。

「実は間諜どもではなく……その上官を名乗る男ならば、召したことがございました」

「上官だと」

「はい。無名という名の男でありました。玉央の朝廷から遣わされた、皇族につらなる者だと申しておりました」

　思わぬ事実を耳にして、二藍の背がひやりと冷えた。そもそも玉央の間諜は、羅覇が兜坂に号令神を押しつけられるかを見張るのが使命だった。その間諜の上官で、しかも皇族。玉央において号令神をめぐる争いに関わる者のうちで、かなりの立場に相違ない。

　そのような男に都にまで入りこまれていたとは。

「その無名なる男はどこにいる。こたびも間諜どもの指揮をしていたのか」

　焦りと苛立ちを抑えられない。すでに罠を張られているかもしれないではないか。

「いいえ。あの者は今は去りました。であるからこそ、上官を欠いた間諜どもはわたしを頼らざるを得なかったのです。かつてわたしは、『玉央と結ぶ用意がある』と無名に偽りを申しましたから、上官からそれを聞いた間諜どもは、わたしを味方と信じきっていたのでしょう」

「……まことに偽りだったのであろうな」

「兄君！　当然でございます。そう言わねば渡りがつけられなかったゆえに、嘘を告げたまで」

「ならばよいが。畏れ多くも大君と血を分けた者が、玉央に心を売ってたまるものか」

　二藍は歯嚙みしながら言い捨てた。そうだろう。そうであってくれ。

「それで、なぜお前はそのような嘘までついて、玉央の高官などと会った」

傍らに置いた愛用の太刀にちらと目をやる。どんな理由だとしても、もし有常が斎庭や外庭の秘密を敵に明かし、国を危機に陥れていたのなら、断じて許すわけにはいかない。すべてを白状させたうえで、二藍の手で処するしかない。大君に血族殺しは背負わせられないのだ。

「ことのおこりは、兄君が立坊されたころでした」

二藍の悲壮な決意を知ってか知らずか、有常はほのかに赤い頬をうつむけた。

「さきの大納言の紹介で、とある商い人を召しました。その者は、舶来の文物を扱う商人でございました」

外つ国の海商がもたらす舶来品は厳しく管理されており、貴族が海商と直接取引することも禁じられている。ゆえに舶来の文物に目がない貴族は、交易港である佐太湊を出られない海商とのあいだに代理人を立てて、斎庭と外庭が購入したあとに残った良品をさきんじて手に入れようとすることがままあった。

有常が呼び寄せたのも、そのような代理を生業とする商人だった。

「その男こそが無名でありました。背の高い、ほっそりとした男で、父が玉央の神官の出だと当初は聞いておりました」

無名が持参した目録に載っていたのはたいした品ではなかった。お近づきのしるしにと、鈍い色に透き通った玉も献上されたが、それも有常の心を惹くものではまったくなかった。

だが有常は文物などどうでもよかった。無名を呼び寄せたのは文物のためではなく、その出自に興味をそそられてのことだったからだ。

「わたしは目録に目を通すふりをしながら心躍らせておりました。この男ならば、わたしが長らく抱え続けた問いへの答えを持つやもしれぬと考えたのです」

「問い？」

「わたしにはどうしても知りとうことがあったのです、兄君。しかし無知なる我が国においてそれは、外庭の貴族も斎庭の女も、誰ひとり答えられぬもの。そこに無名が現れました。無名の父の祖国たる玉央は、廻海の宗主を自称する知恵多き国。この男ならば、切に望んだ知恵をわたしに与えてくれるやもしれぬと思いました」

「……いったいお前はなにを知りたかったのだ」

有常はすぐには答えなかった。黙って顔をあげて、哀れみにも似た表情を二藍に向けた。

二藍はその瞬間、この弟がなにを考えているのか悟った気がした。

「わたしは――」

やがて有常はゆっくりと切りだした。

「わたしは常々、憤(いきどお)っておりました。我が国は神を招きもてなし栄える国。なのに斎庭(ゆにわ)は、神ゆらぎであられる兄君を厭うている。それどころか兄君ご自身すらただびとに惑わされ、御身(おんみ)の半身が神であることを嘆(なげ)いておられる。わたしには我慢できませんでした。だからこそ、しかるべき知恵を携えた者から、我が国が間違っている証(あかし)を得たかったのです。兄君がご自身を疎(うと)むのではなく誇ってくださるよう、お心の持ちようをあらためていただける術(すべ)を手に入れたかったのです」

――ああ、やはり。そんなことのためにお前は敵を招き入れたのか。

二藍はなかば絶望しながら尋ねかけた。

「その者はなんと答えた」

「はじめに会うたときは、たいした秘密は教えてくれませんでした」

知恵を欲する有常に、無名はにこりと笑んだという。さあ、教えてくださいませ。いったいなにを求めておられるのです。すべてわたくしにお打ち明けくださいませ――。

「問われたとおり、わたしは打ち明けました。心の底から、なにもかもをです。なのにあの者は、わたしがすでに知っていること――たとえば、玉央では神ゆらぎは『半神』と呼ばれること、神ゆらぎの皇族は神官になること、かような当たり障(さわ)りのない話(はなし)しかいたしませんでいた」

ただ、と有常は続ける。

「無名は、わたしを焦らすかのようにこうも約束しました」

――わかっておりますよ、殿下がお知りになりたいのはこんなものではない。この国の誰もが知らぬような、そして兄君のお心を変えられるような神ゆらぎの真実でありましょう。お教えいたしましょう。もし再び召してくださったならば、必ずやそのときに――。

「わたしは無名の約束を忘れられませんでした。ゆえに先年の秋口、都にのぼる由を文にて告げられたとき、喜んで会いたいと返しました」

「……いまだその者が、ただの商い人だと信じていたからか？」

いいえ、と有常は正直に答えた。

「時勢は変わっておりました。無名をわたしに紹介したさきの大納言の一派はすでに、我が国を裏切って玉央と結んでいたとしてことごとく処罰されたあと。……そういえば、まさに兄君が手をくだされたのでしたね」

「そうだ」

さきの大納言の一派は、ひそかに玉央と結んでいた。賂や将来の官位の約束に釣られ、見返りに外庭や斎庭の内情を流していたのだ。二藍は綾芽とともにその非を暴き、ことごとく裁いたのだった。

その一派が懇意にしていた無名が、ただの商人であるわけがない。むしろさきの大納言らをそそのかし、内情を手に入れていた張本人かもしれない。実際、再び有常が無名を召そうとした先年の秋ごろは、さきの大納言一派のもとに出入りしていた商人たちをことごとく捕らえんと、外庭は国中に手配をかけていた。有常が知らなかったわけはない。

だがそれでも有常は無名を召したのだ。国を陥れる者かもしれないと気づいていたのに、誰にも明かさず渡り合おうとした。

「わたしは、無名が『次に会うたときに教える』と申したわけを今さらながらに悟っておりました。あれはつまり、無名が玉央の手の者だと知ってもなお召すならば――つまりわたしが国を裏切る心づもりならば、お前の知りたいことを教えてやってよい。そのような意味だったのです。ならば乗ってやろうと思いました。それで、国を裏切りお前に与すると謀り、無名を呼びだしたのです」

どのように逃げたものか、無名は追っ手をかいくぐり、年の瀬には都へ至った。この期に及んで舶来の文物を携え商人然と現れた無名に、有常は単刀直入に取引を切りだした。

――実際のところ、お前に与する気は毛頭ない。今すぐ検非違使に突きだしてやってもよいのだが……もし我が問いに答えるのならば、知らぬふりをしてやらぬこともない。

聞くや、無名はわずかに微笑んだという。

――そう来られましたか。やはりわたしに与するとは方便だったのですね。しかし構いませんよ、取引に乗りましょう。次にお目にかかった暁には、殿下のお望みのものをお与えすると約束いたしましたのはこのわたし。

そして無名は有常に、この国の誰もが持たない知恵を授けた。

「無名の語った知恵を聞き、わたしは驚き、喜びました。この知恵さえ得れば兄君も、いかにご自分が希有なお立場なのかを理解して、お力を振るってくださると確信いたしました。……そしてある意味では、思ったとおりになりました」

含みのある言い方に、二藍は有常が知った知恵なるものの正体を悟った。

「お前は『的』の話を聞いたのだな」

国を滅ぼす神を呼ぶ、恐ろしいさだめを二藍が背負わされていると知ったのだ。

「ええ。兄君は号令神の『的』。この廻海にわずか十数名しかおりませぬ、選ばれし御方だ。そのお心ひとつで祖国の運命をいかようにも変えられる、神として永劫君臨することさえおできになる、神ゆらぎ中の神ゆらぎで――」

「わたしは神にはならぬ。号令神も呼ばぬ」

思わず強い口調で制すると、有常は無言のままにこりとした。

なにを当然なことにいきりたっているのか、と笑われた気がして、二藍は長く息を吐き己を落ち着かせた。そうだ、いかに有常が『的』である二藍を希有な選ばれし者と考えていたとしても、号令神を招いて国が滅びる道まで望むわけはない。

「……それでその後、無名はどうなった。まさか答えを得た見返りに、まことに見逃したわけではあるまいな」

もし無名が逃げおおせたのならば、早急に手を打たねばならない。今は都にいないとしても、国のどこかにはひそんでいる。綾芽の旅路を妨害されるわけにはいかないのだ。

しかし、である。

有常は思わぬことを言いだした。

「ご心配召されませんように。無名は都どころか、すでに兜坂にもおりません」

「我が国を離れたというのか？　まさか、ありえぬ。お前がその者と会うたのは年の瀬であろう。それから今に至るまでに他国に逃れられるわけがない。冬の風が許さぬ」

春が深まるまで、兜坂の西側の沿岸には強い風が吹きつける。どんな頑丈な船であろうとも、とても外の海には漕ぎだせない。綾芽たちが佐太湊についたころ、ようやく今年最初の船が出せるかどうかなのだ。

「いえ、違うのですよ兄君。無名は兜坂を離れたわけではありません」

「なにが違う。兜坂にはおらぬと申しただろう」

有常は唇の端に力を入れて、しばし口をつぐんだ。それから思いきったように言った。

「実を申せば、無名は兜坂どころか、この世のどこにもおりません」

「死んだとでもいうのか」

「そのとおりでございます。わたしが殺したのです。この手で、太刀を用いて」

「……殺した？　お前が？」

「はい」

思わず尋ねかえした二藍の声と裏腹に、有常の声は揺らぎすらしなかった。

「もともとわたしは、知恵を得たのちに無名を外庭へ引き渡すつもりでありました。ですがふと、怖くなりました。無名が捕らえられればいっさいが明らかとなる。わたしは玉央の傀儡になる気など微塵もなく、国を裏切ると申したのも無名をおびき寄せるために過ぎませんでした。しかしことが明らかとなったとき、みなさまにそうお信じいただけるとも限りません。ゆえに――」

「自ら手をくだしたというのか」

「ええ、わたしが、この手で、始末しました」

有常の口は、はっきりとくりかえした。

「ゆえにご心配なさらず。無名はすでにこの世の者ではありません。愚かにも間諜どもはわたしが上官を殺したとも知らず、助力を求めてまいりましたが、わたしにとっては願ってもみない好機でした。これで無名のことをみなさまに打ち明けられる、そしてわたしがこの兜坂に尽くすのだという証を立てられる。それで、あやつらに与するふりをして罠に嵌めたのです」

「……まことか」

敵に与したように見せかけて、知りたいことだけを引きだし、あとはさっさと殺してしまう。ある意味では理に適っている。

だがこの弟がそれを為したのか。誰にも知らせずひとりで？

「信じていただけませぬか。ならば——」

と有常は、まっすぐに二藍の目を見つめた。「わたしに心術をおかけになって、お確かめになってくださいませ」

二藍は、胸に刃を突きつけられた気がした。

確かに心術を用いれば、有常の言っているのが本当か白黒はつけられる。万が一、有常と無名が結託して二藍を騙しにかかろうとしていても暴くのは容易だ。

だが二藍はもはや、そう簡単には心術を行使できない。我が身と国を危険に晒さねば、有常が真実を告げているのか確かめられない。

（それを知っていて、あえて心術を用いよと申しているのか？）

疑心暗鬼が膨らんでゆく。真実だからこそ、心術で暴かれようとも構わないのか。それとも——もはや心術を使えない二藍には真偽を判じられないと高をくって、けろりと嘘を吐いているのか。

「……心術で問うには及ばぬ」

ようやく、努めて冷静に返した。悩むな、迷うな。約束しただろう。

そんな、と有常の目がわずかにひらく。

「兄君はこの状況におかれても、神なる力に頼られないというのですか？」

「そうだ」

「なぜ……いえ、そうでしたね。兄君は、心術は用いぬとお決めになったのでした。あのときそう仰っておりましたものね」

有常の言う『あのとき』を思い出し、二藍は口の端に力を入れる。

そうだ、あれは先年の夏、二藍が匳の岩山で賊と鉢合わせ、尚大神に助けられ——ようやく己の切なる願望と向き合う決意をしたあとだった。

わざわざ斎庭にまで訪ねてきた有常は、二藍をやんわりと諌めた。

——兄君、なぜ心術を用いて賊を退けなかったのです。心術さえ用いれば、ただびとなどひれ伏すのみ。尊き御身が危険に晒されることもございませんでしたのに。

そんな有常に、二藍はこう告げたのだ。

――わたしはもう、安易に心術を用いることはやめたのだ。

有常は驚きの表情を浮かべた。心術こそが己の生きる意味とばかりに濫用していた兄の、突然の心変わりについていけないようだった。

――なにゆえです。心術は兄君だけが神より与えられた、もっとも神に近き印ではありませんか。兄君を軽んじる者どもに、兄君がいかに尊き御方なのかを突きつけ悟らせる誇らしき技ではありませんか！

あまりに愕然としているから、二藍は一瞬後ろめたくなった。有常は神ゆらぎである二藍を慕い、心術を頼もしい力と頼ってくれた。ある種の救いをもたらしてくれた。二藍を心から賞賛してくれたのはこの弟だけだ。

そんな有常の心を、今から二藍は拒絶しようとしている。

しかし決意を曲げるつもりもなかった。感謝しているからこそ、はっきりと伝えねばならない。

――決めたのだ。わたしは人になりたい。どんな困難な道のりであろうと、その希望を失いたくはない。

綾芽と約束した。人として生きてゆきたい。人である二藍と、ともに歩いてくれる人々に報いたい。

――だからもう、わたしを神と崇めてくれるな。

「あのときの兄君は、見たこともないお顔をなさっておられた。望みに満ちた笑みを浮かべていらっしゃった」

　有常は思い出すように天を仰いで、再び二藍を見つめた。

「これで終いにいたしますから、今一度だけお答えください、兄君。今もそのお心は変わっておりませんか。号令神の『的』は国の行く末を握る者。兄君のお気持ち如何で即刻国は滅びる。となればもはや何者も、兄君には逆らえません。いかようにも国を動かせるでしょう。先日祭祀を捨て、斎庭を廃されようとなさったがごとく。そのような道を歩まれんとするお心は、露もお持ちではないのですか」

　熱をはらんだ視線がまとわりつく。どうあってほしいのか、なにを求めているのか、痛いほど伝わってくる。

　だからこそ、二藍は動じることなく答えた。

「国の行く末を握っているのはわたしではない。むしろわたしは、この身ひとつで為せることなど塵芥にも及ばぬのだと思い知った。人は、人との関わりのうちに道を見いだすものであろう。わたしに道を示したのは神ではない、人だ。ゆえに心は変わらぬよ。一刻も早く神の半身など捨ててしまいたい。そうして胸を張って人として生きてゆきたい」

有常の瞳がぐらりと揺れた。口から言葉があふれようとする。

しかし有常はそのすべてを抑えると、「承知いたしました」と穏やかに頭(こうべ)を垂れた。

「わたしは今まで、神に近きその御身を崇めてまいりました。ただびとなどには背を向けて、堂々とそのお力を振るわれて、我々を導いていただけないものかと願ってまいりました。そのためにこそ非違を犯してでも、知恵を得んとしたのです。ですが――」

と微笑みを浮かべる。

「兄君のご決心がそれほどお固いのなら、もうなにも申しあげますまい」

その声はあまりに静かで、凪(な)いでいて、二藍は胸を衝(つ)かれた。

「有常、お前にどれだけ救われたか。お前が神ゆらぎたるわたしを厭わなかったからこそ、生き続けられたところは確かにあったのだ」

「昔の話でございましょう?」

と有常はからかうように首を傾ける。「いまや兄君をお支えするのはわたしではなく『綾(あや)の君(きみ)』だ。人としての兄君と、ともに歩もうとされる御方だ。兄君はかの君と出会われて、人として生きてゆかれる思いをいっそう強くされたようにお見受けします」

「どうであろうな」

「お照れにならずともよろしいですのに。そうだ、その綾の君と、そろそろひとめ会わせてくださいませんか？　兄君がそれほどまでに寵愛(ちょうあい)される姫君と、言葉を交わしてみたいのです」

「……そのうちに、と約束しよう」

姫。そのように呼ばれて喜ぶ娘ではないと知ったら驚くだろうか。

「まことですか？　楽しみだ」

有常は嬉しそうに袖(そで)を合わせた。

それから有常は、辞去の挨拶(あいさつ)をして腰をあげた。二藍に背を向け、廂(ひさし)へと歩みだす。春の日差しが、御簾の向こうから室(へや)を照らす。照らすほどに、丸柱の落とす影がくっきりと濃くなる。その境目を、赤紫の袍(ほう)の裾(すそ)が滑ってゆく。

「――兄君はずっと、人ではないご自分に苦しんでこられた」

ふいに有常の口から、独り言のようなつぶやきが漏れた。

「ですがわたしは、苦しまれる必要などないと思うておりました。ただびとより優れる神ゆらぎである兄君が、なぜご自分を疎まれなくてはならないのかと忸怩(じくじ)たる思いを抱いておりました。そのようなわたしの思いは、兄君には煩(わずら)わしく感じられるものだったとは理解しております」

ですがどうか、これだけは信じてくださいませ。

「神としてのご自分に誇りを持っていただきたいとしつこいほどに申しあげたのも、非違を犯してまで無名を召して知恵を望んだのも、ただ――」

立ちどまり、わずかに振り返る。

「ただ兄君を、お救い申しあげたかったからなのです」

その口元には、かすかな笑みが浮かんでいた。

「――治部卿宮を信じるか？」

御簾を巻きあげ二藍の前に戻った鮎名は尋ねた。

「治部卿宮の家人などを問いただしたところ、治部卿宮が殺したという男が、佐太湊と都を行き来する商い人だったのはまことのようだ。我らの目をかいくぐり、ちょうど年の瀬ごろに都に入ったものの、今は行方知れずとなっている」

「有常の言と矛盾はないというのですね。捕らえた間諜はなんと申しましたか」

「おおむね治部卿宮が申したとおりに述べたが――そうだ、商い人の屍体を埋めたという穴から、屍体と、それが身につけていた玉が見つかってな。玉を間諜に見せたところ、上官の持ち物なのは確実だということだ」

「玉ですか」

「葬玉といって、本来は死んだ者の口に含ませる。無名はなぜか腰に佩いていたようだな。間諜が申すにこの葬玉が、顔も知らぬ上官と会う際の符牒代わりであったらしい」

鮎名は、眼球ほどの大きさの玉を二藍に手渡した。丸く磨かれた、泥のような珍しい色をした石。透き通っていて、掲げて覗けば向こうの景色が澱んで見える。

消えた商い人。その屍体が身につけていた品は、玉央の間諜との符牒。

今調べうる限り、事実はみな、有常の話と辻褄が合っている。

「つまり有常は真実を申している。あの弟は知識ほしさに無名を召したが、与するつもりはなかったゆえ殺した――そう、大君やあなたはお考えなのですね」

「含みのある言い方だな」と鮎名は目を細めた。「なるほど、お前は弟の証言など信じるに値せずと考えているのか」

「そういうわけではございませんが」

「まあ道理か。心の底では、あの弟宮を持て余しているだろう？　あの男はお前そのものでなく、お前の神気を信奉しているに過ぎぬものな」

痛いところを突いてくる。だが二藍は首を横に振った。

「わたしはこたび、有常の言の真偽を判じません」

「なぜだ」

「判じる立場にないからです。あの弟は、あの弟なりの理屈でわたしを助けようとした。そのためにこそ非違に手を染め、敵である男と取引したのです」

「ゆえにお前もなかば同罪、弟宮を裁く資格はなしと？」

矛盾だな、と鮎名は笑い声を漏らす。

「真偽を判じないと言っておきながら、お前を孤独から救おうとしていたとかいう言い分は疑わないのか。わたしはそれこそ嘘だと思ったが」

「……疑わぬのではなく、信じたいのです」

苦しい答えを捻りだすと、なるほどな、と皮肉っぽくつぶやいて、鮎名は葬玉を手巾に包んだ。

「まあいい、そう思うならば信じておけばいい。こたびのこと、本来ならば治部卿宮は厳罰を免れない。だが綾芽の無事の出立に手を貸したのは事実だし、宮のおかげで、我らを陥れようとした者どもの多くが消えた」

「ゆえに、有常に重き咎めはなしという沙汰なのですね」

「今のところはな。安堵したか？」

見透かしたように唇をつりあげられ、二藍は視線を落とした。わからない。あの弟はまことに、二藍が人として生きる道を受けいれてくれたのだろうか。

「どちらにせよ」と二藍はうつむいたまま言った。「あの弟には、重要な事柄――たとえば綾芽にまつわるもろもろは、隠しておくほうがよいでしょう。無名が死んでいる以上、有常の証言に真に裏づけはとれません。それに、有常が正しく真実を述べていたとしても、誰にも明かさず玉央と渡りをつけるようではあまりに危うい」

「独断専行なところは、誰かによく似ているな」

「わたしはそのような愚行は二度といたしませんよ」

「どうだか」

笑われて、二藍は閉口するしかなかった。

「無論お前の言うようにする。治部卿宮には外庭と斎庭への立ち入りを当分禁じる。綾芽の秘密も、羅覇や十櫛の行方も教えるつもりはない。功もあれば罪もあるから当然だ」

それでよい、と二藍は思った。いつか有常に、すべてを心おきなく伝えられる日が来るとよい。綾芽のことも、二藍の歩んだ道のりも。

「さて」と鮎名は葬玉を包んだ手巾を懐にしまいこみ、顔をあげた。

「最後に、お前の三つめの懸念について話をしようか。ちょうどわたしも相談したいところだったのでな」

「なににやついてか、すでにおわかりなのですね」

「無論。兎にも角にも都の賊は一掃されたものの、綾芽の旅路への懸念はまだ残っているだろう？」

鮎名が身を乗りだしたので、二藍も、ええ、とうなずいた。

「八杷島へ出航するまで、玉央の残党の邪魔が入らぬようにせねばなりません」

綾芽はこれから沿岸の港を経由して、国一番の港・佐太湊に向かうことになる。佐太湊は交易の場だから、異国の者がひそみやすい。

「佐太湊には間違いなく、間諜と玉央本国を繋いでいる者がおります。その者に都の間諜から八杷島へ使節が送られたとの知らせが届いていれば、待ち伏せされる恐れがある」

再び綾芽の出立を妨害しようとしてくる。

「そのとおり。知らせがもしすでに送られているのなら、どうにか届く前に手立てを講じねばならない」

「間諜が知らせを送った形跡はあったのですか」

「すくなくとも、佐智が荷台に隠していた国書は暴かれていたそうだ」まあ、と鮎名は小さく笑った。「検められたところでこちらは痛くも痒くもないが」

「見ればわかる」と国書の写しを渡され、二藍は感心した。

そこには、『我らが春宮を追いつめて、我が国を滅びに導こうとした事実は断じて許せない。武力をもって八杷島を攻めたてることも辞さない』というような、八杷島に対する厳しい文言が綴られている。

もちろん、実際は八杷島と手を組んだのだから、これはまるきり嘘だ。

「なるほど、奪われるのを見越して、まやかしを書いておいたのですね」

「そうだ。我らが手を結んだとは知られたくない。理由を推しはかられると、兜坂に物申がいると感づかれる」

あれだけ二藍を神と化させようと躍起になっていた羅覇が一転、二藍を救ったのは、八杷島にも利があったからだ。羅覇は、兜坂を滅ぼさなくとも祖国を守る手立てを見いだした。それがなにか——と玉央に考えられたら困る。八杷島の王太子を救えるのは物申だけだと気づかれる。

ゆえに大君と鮎名は、真っ赤な偽物の国書を綾芽に持たせたのだった。

「当然ながら、本物の国書は別にある。なんだかわかるだろう?」

もちろんだ。二藍は即答した。

「なぜです」

「綾芽でしょう」

春宮妃であり、物申である大切な娘。それが大君の意を受けて海を渡ることこそ、なにより兜坂の意志の表れだ。

「まったくそのとおり。綾芽は大君からのお言づても預かっていったよ」

娘の顔を思い出したのか、やさしい顔をした鮎名は、すぐに頬を引き締めた。

「ゆえに国書の中身はどうでもよいのだ。だが問題は、国書が暴かれていたとはつまり、賊は命尽きるより前に佐太湊に知らせを送ったに違いないということだ」

「そうでしょうか？　知らせが送られたとすれば、誰ぞが争いのさなかに伝馬を発したわけでしょう。それが狼の牙を逃れて峠を抜けられたとは到底思えません。いかな駿馬とて、神から逃れられるものではない」

「伝馬ならばな。玉央の者どもは、鳩を用いて文をやりとりすると聞く」

鳩。

思わぬものの名に、二藍はとじた扇を口元に当てた。

「なるほど鳩ならば、狼の牙をもかいくぐり、空を駆けていってしまいますね」

そうなると、鮎名の危惧は笑い飛ばせるものではない。もし鳩が佐太湊になにごともなく到着すれば、八杷島へ向かう特使の存在を知られてしまう。待ち伏せされて、今度こそ綾芽の命が危うくなるかもしれない。

（それは絶対に、まかりならぬ）

「鳩が佐太湊に辿りつかぬよう、さきんじて手を打たねばなりますまい」

「簡単に言うが、これという策はあるのか？　すでに放たれた鳩を、どのようにして佐太湊に辿りつかぬようにする。それこそいかな駿馬で追ったところで尻尾も摑めないどころか、見つけだすことすら叶わない相手だが」

到底成し遂げられぬと言わんばかりの口ぶりだが、鮎名の顔には鋭い笑みが浮かんでいる。すでに答えを知っている表情をしている。

だから二藍も、笑みをもって返した。

「久々にわたしを試されましたね。先日、あまりに情けない姿を晒したからといって、見くびらないでいただきたい」

「すっかり調子は戻ったというわけか？　顔色はそれほどよくもないが」

「頭は働いておりますよ。綾芽を支えるためならば、策などいくらでも捻りだします」

「ならば聞かせてもらおう」

「承りました」と二藍は腕に力を入れて、脇息にもたれていた身を起こした。重く澱んでいた身体に血が通う。

「日の神を、斎庭（ゆにわ）に招くのですよ」

*

峠を越え、いくつもの里を過ぎ、うねる坂の路（みち）をゆるやかにくだっていくと、ようやく、夕日で茜（あかね）色に染まった海の輝きが目に飛びこんできた。

紡水門（つむぎのみなと）の海である。

しばし見とれた一行はそれから自然と早足になって、無事日が落ちるすこし前に、泊（とまり）に面した紡（つむぎ）の里に辿（たど）りついた。

「知らせは受けてるよ。あなたがたが、大君（おおきみ）に遣（つか）わされて佐太湊（さたみなと）へ向かう女官だね」

綾芽（あやめ）たちを自邸に迎えいれたのは、この地の当代の女郡領（おんなぐんりょう）である喜多（きた）だった。古来よりこの港を守り、忠実に大君に付き従ってきた一族の長（おさ）である。

「しかしかわいらしい娘さんたちだこと」

喜多は綾芽と羅覇（らは）を交互に見やって、親しみの滲（にじ）んだ笑みを浮かべる。かと思えば、矢が掠（かす）った肩に白布を巻いた佐智（さち）の背を、怪我（けが）など意にも介さず豪快に叩いた。

「あんたも頑張ってるようじゃないか。一丁前に怪我なんてして帰ってきてさ」

たまらず佐智は「いてえ」と顔をしかめた。

「あのな喜多さま、あたしは怪我人なんだよ、やさしくしてくれよ」

「それだけ喋(しゃべ)れるなら大事ないだろ」

喜多は佐智の抗議などものともせず笑っている。どうやら旧知の仲らしい。

それから喜多は、あらためて綾芽と羅覇に約束してくれた。

「どんな御用で佐太湊に向かうのかは知らないが、しっかりと送り届けるから心配なさらんでおくれ。我らは必ず、大君のお心に叶(かな)うよう役目を果たす。それが古来より我が一族の誇りなんだ」

そのとおりなのだろうと綾芽は察した。大君が、誰にも知られてはならない佐太湊までの旅を託したのは、この一族をなにより信頼しているからなのだ。

喜多は、短い滞在のあいだに使う屋敷も用意してくれていて、さっそく案内された。外見は質素な板屋だが、うちに入れば温かな羹(あつもの)や身体を拭(ふ)くための湯、清潔な寝床など至れり尽くせりだ。綾芽は羅覇とともに、身体を清めて羹をいただいた。鶏卵(けいらん)を溶いて木の子を添え、塩で味を調(ととの)えた羹は、たちまち冷えた身体を温める。

そうしているうちに、あらためて怪我の手当てを受けた佐智が戻ってきた。

「残念だけど、わたしが同行できるのはここまでみたいだよ。せめて佐太湊まで送ろうと思ったんだけど、この傷じゃあちょっと難しそうだ」

　はあ、と息を吐いて羹の椀をかき混ぜる佐智を、綾芽は笑顔で励ました。

「大事にならなくてよかったよ」

　本来ならば佐智も八杷島(やはじま)までついてきてくれるはずだったのだが、肩の傷は思ったより深かったようだ。だが幸い、安静にしてさえいれば心配いらないという。だったらいい。

「ここでゆっくり休んでくれ。佐智はずっと働きづめだから、かえってちょうどいいよ」

「ありがと、そうするよ」

まあ、と佐智は肩をすくめた。「どうせ喜多さまにこき使われるけどね。あのひと、人使いが荒いんだよな。誰かさんと似ててさ」

　佐智の言う誰かさんとはひとりしかいないので、綾芽は笑ってしまった。その誰かさんからの信が篤(あつ)いので、佐智はいつも忙しくてたいへんなのだ。

「にしても佐智って、喜多さまの知り合いだったんだな。昔からか？」

「まあね。あたしのろくでもない父親が没落した貴族だって話はしたっけ？　それが死んだあと、居場所を失った母とあたしは都を出てね。さまよったあげく、喜多さまのもとに辿りついた。それで世話になったんだよ」

「……そうだったのか」

佐智が没落貴族の出だとは聞いたことがあった。だが母親と都を出なければならなかったとは初めて知った。きっとそうとう苦労したのだろう。

　そんな佐智と母親を救ったのが喜多だったのだ。

「じゃあ喜多さまは、恩人なんだな」

　神妙につぶやくと、佐智は「どうだかなあ」と苦く言った。

「生かしてもらった恩はあるけどね。あのひとはとんだ狸だからさ、あたしを可愛がってたのか、ていのいい駒と思ってたのかわかんないよ」

　喜多のもとに身を寄せてほどなく、佐智の母は亡くなったという。残された佐智を、喜多は実の娘のように育てた。そして再び都に送りこもうとしたのだが、当の佐智はひどく嫌がったそうだ。ろくでもない父に振り回されて早くに死んだ母を見ていたから、都や貴族はこりごりだったのだ。

　それで下働きの子らと遊んでばかりいたものの、喜多はそんな佐智の首根っこを捕まえて、読み書きだの行儀作法だのをなかば無理やり仕込んだらしい。

「あのひとはさ、上つ御方と懇意になって、都との橋渡しになってくれる娘がほしかったんだよ。だから嫌がるあたしに都の作法やら勉学やらを叩きこんだあげく、斎庭に出仕させたのさ」

「そうして佐智は不幸にも、二藍さまに気に入られてしまったわけだな」

綾芽が笑って付け加えると、佐智は嫌そうな顔をした。

「いろんなやつに、いいように使われてるんだよ、あたしは」

わざとらしいため息交じりだが、綾芽にはよくわかった。佐智は育ての親を憎からず思っている。なんだかんだとぼやきつつ、二藍に忠実に仕えているのと同じだ。

「喜多さまは、佐智の賢さを見抜いていたんだよ。都との橋渡し云々もあるかもしれないけど、出仕して力を生かさなきゃもったいないってお考えだったんじゃないか？」

黙って箸を動かす羅覇に「なあ？」と話を向けると、羅覇も知ったように口を出した。

「綾芽の言うとおりです。二藍殿下と喜多さまへ不平不満を漏らされるより、むしろ感謝なさるべきかと。お二方ともまこと、人の能力を見る目がおありになる」

「ちょっと、そこは『人を見る目がある』と言ってくださらない？　祭官どの。あたしの気性はともかく、能力だけはあるみたいに聞こえるじゃない」

「佐智さまのお人柄に関しては、意見が分かれるところかと思いますので」

「はあそうかい。まったく、恩人に対してよく言うよ。あんたが綾芽、いや梓のふりをして斎庭に飛びこんできたとき、見逃してあげたのは誰だっけ、『由羅』」

「……その名でわたしを呼ばないでくださります？」

「まああふたりとも」

と綾芽は笑ってとりなした。

「とにかく喜多さまは信頼できる御方のようだし、これで佐太湊へ憂いなく発てる。有常さまと、早岐の狼を招いてくださった斎庭のみなさまにも感謝しなきゃだな」

「……まあそうだね」「そうね」

身を乗りだし合っていたふたりは、揃って気勢を削がれて座りなおした。このふたり、出立したときからしょっちゅう言い争いをしているが、不思議と険悪にはならない。案外相性がいいのかもしれない。

「だけどあたしはあの弟君、あんまり好きじゃないね」

「有常さまか。どうしてだ」

「正確には、あの弟君といるときのあいつが好きじゃなかったんだよ。綾芽が入庭する前は、ほんと見てらんなかったよ。神ゆらぎとして慕われるのが嫌なくせに、慕われること自体には縋っちゃって――」

とそこまで言って、佐智はふいに口をつぐんだ。おや、と戸のほうに顔を向ける。

「……外がなにやら騒がしいね。牛でも逃げたか？」

確かに、どことなくざわついている。なにごとかと腰をあげようとすると、ちょうど外から喜多の困惑交じりの声がした。

「佐智、ちょっと外の様子を見てもらってもいいかね？」

「どうしたんだよ」

「北の空がへんに明るいんだ」

「へん？　どうへんなのさ」

「とっくに日は落ちたっていうのに、赤く染まっている。者どもは山火事じゃないかってうるさいんだけど、わたしにはそうとも思えない。斎庭の女なら判じられるだろう？」

三人は顔を見合わせ立ちあがった。

喜多は、屋敷の一角の物見に綾芽たちを連れていった。梯子をのぼり、ひときわ高いところから夜空を眺めると、確かに北の空の裾がぼんやりと赤く染まっている。

「これは山火事じゃあないな」

と佐智は顎をさすった。言うとおり、山火事ならば、空は地上との境目に近づくにつれ明るくなるはずだ。しかし今は、暗い赤が北天の高いところから落ちかかるようにして空を染めている。あたかも巨大な几帳が、空にはためいているかのごとく。

「山火事じゃなければなんなんだ」

と首をかしげる喜多に、佐智はこともなげに答えた。

「赤気だよ」

「なんだいそれは」

「説明が難しいな。言うなれば、日輪の神がまとう衣の裾だ」

だろ、と羅覇に顔を向ける。ええと羅覇は首肯した。

「日輪は、たなびく長き衣をまとっているのです。元来人には見えぬものですが、神が荒ぶってこのように裾が乱れますと、わたくしどもの目にも映るようになります。兜坂や玉央では紅色、さらに北の地では青色の衣が天から落ちかかるとされておりますよ」

　すらすらと答えた羅覇を、喜多は感心したように見つめた。

「物知りな娘さんだ。だけどわたしが今一番知りたいのは、これがなぜ起こるかじゃなくて、どうしたらよいかなんだよ。この光が見えるのは、神が荒ぶっておられるからなんだろう？　神が荒ぶるのは大概、災厄やその前触れだ。わたしは備えるべきなのかね」

　赤気がなんだかわからなかった綾芽もそれは内心気になるところだったが、羅覇は涼しげに答えた。

「なにも必要はございません。この赤気、災厄の前触れと言われることもございますが、実際は人の営みにはほとんど障りありません。珍しく美しい光景ではありますから、存分に楽しむようご一同にお伝えくださいませ」

「それを聞いて安心したよ」

みなにも教えてやろう、と喜多は胸をなでおろし、礼を言って物見の櫓をおりていった。

(そうか、これは災いの前触れじゃないのか。よかった)

綾芽も、ようやく安堵して北の空を仰ぐ。

そんな綾芽の隣で、羅覇は思わせぶりに佐智に目を向けていた。

「佐智さま」

「なんだよ」

「兜坂の斎庭に、日の神を招く術は伝わっておりますか?」

「馬鹿にしないでくれる? 伝わってるに決まってるだろ」

「確認しただけです。であれば、なかなか大胆な手を用いられましたね」

「……やっぱりそういうことか。まあそうじゃないかとは思ったんだけど。でも理由がわからんな」

「待ってくれ。なんの話だ?」

ふたりの会話についていけず、綾芽は割って入った。あの光が日の神――つまりは太陽の仕業なのは理解した。だがふたりの口ぶりからすると、たまさか起こったものではないようだ。

「もしかしてこの光は、斎庭が日の神を招きもてなしたから現れたのか?」

「間違いないでしょうね」と羅覇は言う。「斎庭の方々が、あなたの旅を支えるために為したもの」

「空が赤くなるのが、なぜわたしのためなんだ」

美しくはあるが、ただ空が赤くなるだけならば、綾芽の旅にはなんの影響も及ぼさない。

「綾芽が知らないのなら、斎庭でよくとられる方法じゃないのね。佐智さまは、この赤気がなんのためのものかおわかりですか?」

佐智も思いあたらないのか首をひねっている。

「さあ、あたしごときには見当もつかないね。日輪なんてとんでもなく危険な神を招いたんだから、大きな意味はあるんだろうけど。勿体ぶらないで教えてくれよ、祭官どの」

「勿体ぶっているわけではございません。佐智さまも見当つかずならば、佐智さま以上に深く祭祀に精通した御方でなければ思いつかない策なのだと考えておりました」

「誰の策かは、あたしもだいたい察しがつくけど。まあいい、で、なぜ日輪なんて招いたんだよ。空にかかる帳を綾芽に見せたかった——なんて寝ぼけた理由じゃ、さすがに裁可がおりない」

「鳩です」

「鳩？」

「玉央の者は、遠方に知らせを送るのに鳩を飛ばします。鳩は己の巣を目指して長く飛ぶものですから、足に文をくくりつけ、その質を利用して放てば、誰の目をもかいくぐり知らせを届けられるのです」

それを聞いて綾芽は不安を覚えた。

「……つまり玉央の間諜が鳩を飛ばして、佐太湊にいる仲間にわたしたちのことを伝えたかもしれないのか」

「間違いなく伝えようとしたわね」と羅覇は勿体ぶった。「でもけっして届かない。あれのせいで」

と赤気に目を向ける。

「実はあの日輪の衣は、鳩にはいつでも見えているの。遠方の巣まで迷わず戻ってゆけるのも、美しく波うつ衣の裾を目印にしているからこそ。でも今、斎庭が日輪の神を招いて衣を乱してしまったでしょう。それで鳩はいつもの目印を失ってしまった」

「だから佐太湊には辿りつけない、知らせも届かない――ってわけか」

「そういうこと」

斎庭は、危険を冒して強大な神を動かした。そうして鳩に道を迷わせて、綾芽たちが佐太湊へ向かうという知らせが賊に届かないようにした。

「この神招きを画策したのはあいつだね」

佐智が、綾芽の肩に軽く手を乗せる。

「二藍さまか」

「間違いない。餞別だと思って目に焼きつけておけばいいよ。どうせ今ごろ、あんたが出立するときに寝てたのを悔しがってるだろうからさ」

かもしれないな、と綾芽は頰を緩めた。佐智の言うとおり、日輪の神を招くなんて大それた案を思いつくのは二藍に違いない気がした。

茜色の帳は、すこしずつ色と形を変えてゆくように見える。

（そうか、元気にしているんだな）

ようやく実感できた。今宵は久しぶりに深く眠れそうだ。

＊

明くる朝、至宝の青宝珊瑚でもって二藍の神気を測った十櫛はにこりと告げた。

「本日も、御身の神気は落ち着いておりますよ。身に障りはございません」

それから感心したように言う。

「それにしても赤気を用いて鳩を惑わすとは、まこと見事なご采配でした。これで春宮妃殿下も、我が国の祭官も、安心して旅を続けられるというもの。感謝いたします」

「感謝するのはこちらでございますよ」

御簾を隔てて相対した二藍も、口元に笑みを浮かべて応えた。「綾芽があなたがたの国に向かうのは、八杷島の知恵が我が身を救ってくださったからこそなのです」

羅覇が不在のあいだ、二藍の神気の様子を診るのはこの十櫛だ。兜坂を陥れる企てに手を貸していたこの王子が毎日のように二藍と顔を合わせることを懸念する向きもあったが、二藍は、この異国の客人は信用に値すると考えていた。

「恐縮です。しかしすべては新しき道に導いてくださった春宮妃殿下あってのこと。まこと、あの御方には感謝してもしきれません」

至極丁寧に綾芽へ礼を述べる十櫛に、二藍はつい苦笑した。

「十櫛王子、あの娘をそう仰々しく称さずともよいのですよ。あの娘のことは今までどおり、綾芽と呼んでいただければ」

「なにを仰います。まさか殿下の御前で、妃殿下の御名を軽々しく口にするわけにもいきますまい」

「わたしは構いませぬ。なによりあの娘はあなたを気に入っている。戻ってきたとき、そのあなたから『春宮妃殿下』などと他人行儀に呼ばれていると知れば悲しむでしょう」

「……それは相違ございません」

参ったなと言わんばかりの表情で、十櫛は青宝珊瑚を腰にくくりつけた。

これみよがしに許しを与えるのは少々大人げないとわかっていたが、二藍はそんな自分に目をつむることにした。あの娘の夫になるかもしれなかった男なのだから、このくらいの牽制は許してほしい。

そうしてふたりして、わざとらしいくらいなんということのない会話をしばらく交わしてから、二藍と十櫛はどちらともなく黙りこんだ。

めっきりと緩んだ春の風が御簾を揺らし、吹き抜けていく。

再び口をひらいたのは十櫛だった。

「その綾芽から、殿下にお教えしてさしあげてほしいと頼まれている儀がございます」

水面のごとき色の瞳に、二藍も小さくうなずきを返す。

「存じております」

十櫛が言うのは、二藍と綾芽の悲願である、神ゆらぎが人になるための方法のことだ。

そしてそれこそが今朝の本題だった。十櫛は長く隠していたその術を、とうとう明かすつもりになったのだ。

「ですが――」と二藍は穏やかに制した。「その前に我々も、十櫛王子にひとつ問いたい儀があるのです」

「なんでございましょう」

二藍は息を吸いこんだ。なにを訊くよりさきに、はっきりさせねばならないことがある。

「あなたはまだ、我らに隠しごとをなさっておりますね」

神ゆらぎが人になる方法以外にも、十櫛はいまだに胸のうちにしまっている秘密がある。おそらくは――

「わたしの行く末を左右する、重大な事柄を」

*

夜が明ける前に、綾芽は佐智に叩き起こされた。

「綾芽、あんたは運がいいな。着いて早々いい風が吹いてるよ」

「いい風?」

寝ぼけ眼で聞いていた綾芽は、はっと飛び起きた。

「じゃあ、今日出航か」

急いで起きあがり、身支度を調える。

船旅にかかる日数は実のところ、港をどれだけ早く出られるかで決まる。よい風が吹き、あたりを見渡せる天候に恵まれれば、船はすんなりと港を離れて風に乗る。そうでなければいつまで経っても足どめだ。出航時に無理をすると最悪座礁してしまうから、焦りは禁物なのだ。

今日は幸運にも雲ひとつなく晴れ渡っていて、風向きもよい。最高の出航びよりだった。

すべての準備が整うと、佐智は綾芽を強く抱きしめてくれた。

「無事に行って帰ってきてくれよ」

ありがとう、と綾芽も抱擁を返す。

「佐智もおとなしく養生して、元気に斎庭に戻ってくれ。二藍さまも、佐智がいなくてさみしがってると思うから」

「それはないだろうな。でもなるべく早く戻るよ。あいつがまた面倒を引き起こさないよう見張ってなきゃだからな」

笑いながら身を離した佐智は、一転かしこまって羅覇に向きなおった。

「祭官どの。わたくしどもの春宮妃をお預けいたします。どうか心してお守りいただけますように」

　斎庭の女官としての挨拶に、羅覇も姿勢を正して八杷島の正式な礼をとった。

「しかと仕ります。どうかご心配なさらず」

　佐智はうなずくと、にっと笑って綾芽と羅覇の背中を叩いた。

「じゃあ行ってきな。気をつけてね」

　佐智と別れた綾芽たちは、護送の舎人や喜多の配下の一行に交じって徒で港に向かった。

乗せてくれるのは、普段は数月ほどかけて沿岸のいくつもの港に寄り、集められた特産品を積んでは都に運ぶのが生業の船だという。

　そういう船は故郷でもときおり目にしていたから、自分がどんなものに乗るのかはわかっているつもりだったが、待っていたのは予想をはるかに超えた立派な網代船だったので、綾芽は内心驚いた。

「沿岸を縫って進むだけの船にしてはたいそう立派ね」

　羅覇も感心したように見あげている。

「こんな立派な船、郡領一族の力だけでは持てないでしょう。都の助けがそうとうに入っている。つまりは上つ御方が、喜多さまの一族を信頼されていることの証ね」

　羅覇の言うとおりだ。そしてそれだけではない。

「喜多さまたちがその信頼に応えようとしてくださった証でもあるな」

喜多たちは、綾芽の目的も正体も知らない。だが大君に預けられた女官なのだからと、なにを押してもこの一番よい船を用意してくれたのだ。

いよいよ船つき場に着くと喜多が待っていて、綾芽の乗る船を統率する、船師と呼ばれている男を紹介してくれた。

「あなたがたを乗せるのは、この船師の船だ。こいつはわたしがいっとう目をかけている男で、できるかぎり早く佐太湊に送り届けるよう命じてあるから心配しないでおくれ」

紹介された屈強な壮年の男は、あたりに響く大声で付け加えた。

「都より遣わされた使者のおふたりとお聞きした。寄港先を絞るから、ひと月かからず佐太湊には着く。普段宝物を載せる倉にあなたがたの室も用意したし、真水には少々不自由するだろうが、他にはけっして難儀な思いはさせせないと請け負おう」

割れんばかりの大声に、「ありがたいです」と綾芽は笑みを浮かべた。船上ではかけ声で水手の櫂の動きを揃えるから、海の男はとても声が大きいのだ。

「ちなみに途中に寄るのは、我らの息のかかった者が多くいる港ばかりだ。港も海も我らの庭、万が一陸を駆けて賊が押し寄せようと、赤子の手をひねるようなものゆえ安心するように」

言うや船師は、さっさと水手に指示を出しに行ってしまった。

「あまり余計な会話はしない質なんだよ」と喜多はにやりとした。「だけど、言うとおりだから安心して乗っておくれ。大君の御為に全力を尽くすのは我らが誇りだ」

豪快に胸を張ってから、ああでも、と喜多の声は遠慮がちに続く。

「もしよければひとつだけ、ここを離れる前に教えてほしいことがあるんだよ。佐智がさ、知りたいならあなたがたに訊くようにと言うものだから」

「……なんでしょうか?」

と綾芽が首をかしげると、喜多は袖のうちで手を組んで、ゆっくりと切りだした。

「このあいだ、春宮さまが大君に刃向かったって話には驚いたよ。そのときのことなのだけど」

思ってもみない話に、綾芽は慌てて取り繕った。

「いえ違うのです! あれは刃向かったわけではなく、外つ国の賊を炙りだして大君をお助けするために、二藍さまが一計を案じたものだったのです」

あの騒動を、斎庭はそういうふうにごまかしている。

「なに、それは知ってるよ」と喜多は笑みを浮かべる。「春宮さまは策士であらせられるそうだから、我らただびとには思いつかない手を用いられるのだろう。わたしらが驚いたのはそこじゃなく、その偽り(いつわ)の騒乱で、春宮さまの妻なる御方が、春宮さまをお支えして活躍されたってところなんだよ」

綾芽と羅覇は思わず視線を交わした。

二藍の起こした争乱がなんのための、どのようなものだったのかは、ほとんど外には伝わらずにすんだ。だがひとつだけ、二藍に『綾の君(あやのきみ)』なる妻がいることだけは、多くのひとを巻きこんで綾芽が派手に立ち回ったせいで、あっというまに知れわたってしまった。

もっともあのときの綾芽は祭礼装束(しょうぞく)で着飾っていたから、幸い『綾の君』の正体がここにいる娘だとも、二藍に『梓(あずさ)』なる名で仕(つか)える女孺(にょじゅ)ともばれてはいない。

「春宮さまは、神ゆらぎとかいう難儀な御身(おんみ)なんだろう？　詳しくは存じあげないが、ゆえに妻帯なさらないんだと聞いていた。なのに実は妃(きさき)さまがいらっしゃったとはね。都ではたいそう美しい御方と噂になっているそうだけれど、お人柄はどんなものなんだろう。あなたがたはお目にかかったことはあるのかね？」

「美しい？　いや、そんなことは全然なくて――」

思わず狼狽(ろうばい)した綾芽を、羅覇は後ろ手で小突いて黙らせた。そうして涼しい顔で首をかしげる。

「お目にかかったことがないわけではありません。ですが喜多さま、あなたさまはなぜ、その評判の美しさではなく、お人柄のほうをお知りになりたいと仰るのですか？」

鋭い指摘に、綾芽も少々冷静になった。美しいとされている顔や見た目が気になるのなら、妻帯していないと思われていた春宮に対する野次馬根性だと理解できる。だがなぜ、人柄についてあえて尋ねたのだろう。

いやね、と喜多は首のうしろをさすった。

「実は、うちで面倒を見ている女人がぜひとも知りたいと仰せでね」

「女人？」

「我らの館にはひとり、都から流れてきた女人が住まわれているんだ。高瀬の君と我らはお呼びしている。佐智が都にのぼったあとだから……十年近く前かな、死に場を探して紡水門に流れてこられたのをお拾いしたんだ」

佐智母子のようにゆえあって都から離れた者を、喜多は幾人も助けては養ってきたようだった。高瀬の君なる女人もそのひとりで、今にも身投げしようとしているところをどうにか引き留め、説得し、寝食の面倒を見たのだという。

「わけは訊かなかったけど、息子の名らしきものをずっと呼ばれていたし、とても憔悴なさってたから、おおよそ都のだらしない貴族にでもひどい目に遭わされたんだろうね」

よくあることだ、と喜多は嘆息する。

「だけど、もとはそれなりの位の方だったはずだよ。我らの一族の若人に勉学や都での立ち振る舞いを教えてくださったしね。心根がいたくおやさしい御方なんだ」

死を望んでいた高瀬の君は賢きひとに見えたから、喜多は若人の師となってくれるよう乞うた。そういうていで、生きる意味を与えようとしたのだ。

高瀬の君もはじめは固辞していたそうだが、徐々に絆され、いつしかこの紡水門の若者を教え導くことに生きがいを見いだすようになったという。

「その御方が、綾の君のお人柄をお知りになりたいと仰ったのですか？」

「そう。おかわいそうにあの御方は病に冒されていてね、もう長くはない。ご本人もそれを悟っておられるのか、死出の旅の手向けに、どうしても春宮さまのお妃のお人柄が知りたいと仰っているわけだ。あなたがたが軽々しく斎庭のことを話せないのは重々承知だが、とても苦労なさった御方の最後の願いと思って、教えてくださらないかね」

綾芽と羅覇はすこし時間をもらって、小声で話し合った。

「どうするの。高瀬の君ってひとの話、本当かしら？」

「嘘は仰っていないと思うよ」

「あなたが言うならそうなのでしょうね。にしても……死出の旅の土産に知りたいのが、よりによって『綾の君』の人柄なのはなぜなのかしら」

「もしかしたら、かつて二藍さまのおそばに仕えた方なんじゃないか？　わけあって斎庭を離れなきゃいけなかったけど、ずっと気にかけていたんだろう」

　かつて二藍は、神ゆらぎとして生まれた自分を受けいれられず苦しんでいた。もし高瀬の君がそのころの二藍に心から仕えていたのなら、今も気にかかっていることだろう。だからこそ、二藍を支えているという妻がどんな女人なのか知って、二藍はもう大丈夫なのだと、案じなくともよいのだと、安堵して死にたいのかもしれない。

「そうなのかしら？　高瀬の君が二藍さまに仕えてたって証拠はないけど――」

　とちらちらと周囲を見やっていた羅覇は、ふと言葉をとめる。

　やがて、「まあいいわ」と息をついた。

「わたしが限りなく真実に近くてごまかしもきいた話を、うまいこと披露してあげる」

「お願いするよ」と綾芽は言った。羅覇ならば、下手に秘密を漏らすような失敗はしない。ある意味誰より実績がある。

　それでは、と羅覇は喜多に向きなおった。

「喜多さま、その高瀬の君にお伝えくださいませ。わたくしは、綾の君に何度もお目にかかったことがございます。あの御方は大君や妃宮の覚えもめでたく、みなの信頼を集めておられます。賢く、強き意志を抱き、なによりおやさしい。罪深きわたくしに、新たな道を示してくださいました。綾の君は、懸命に生きようとするすべての者の輩でございます。ですが――」

　と羅覇は、胸に手を置いた。

「あの御方がもっとも信じ、心を寄せておられるのは二藍さまでございますよ。そして二藍さまも同様でいらっしゃる。二藍さまはようやく、無二の友にして生涯をともにおできになる御方を見つけられたのです。今ではおふたりは、大君や妃宮とともに立ち、明るき未来を招くために励んでおられます。前を向いて生きておられます。どれほど太き舫い綱が朽ち果てようと、おふたりの絆だけは断つこと叶いませんでしょう。ですから高瀬の君には、どうかご安心なさるようにとお伝えくださいませ」

　そう、羅覇はよどみなく言って頭をさげた。

　喜多は驚いた顔をしていたが、やがて感極まったように羅覇に歩み寄る。

「ありがとう。きっと高瀬の君もお喜びになられるだろう。本当に――」

「ああ、ちなみに申しておきますと」

　と羅覇は喜多を遮り、綾芽の袖を引っ張って自分の前に押しだした。

「綾の君は、ここにいる女嬬の梓に生き写しです。残念ながら噂ほど美しくはないですが、二藍さまはとても愛おしく思っていらっしゃる。他のおなごなど、すこしも目に入っておられないご様子ですよ」

「な、ちょっと」

さすがにやりすぎだと綾芽は慌てたが、羅覇はどこ吹く風だった。

そうしているうちに船に乗るよう声がかかって、綾芽たちは喜多に別れを告げた。緊張しながら甲板へ足を踏みいれると、すでに船べりには櫂を持った水手がずらりと並んでいる。ほどなく鼓の音と船師の大声を合図にして、一斉に漕ぎだした。

船はゆっくりと岸を離れてゆく。岸辺では、喜多が配下らしき男女数名と手を振ってくれている。

手を振りかえしながら、綾芽は少々照れつつ羅覇に話しかけた。

「あんなにもちあげてくれるなんて、ちょっとびっくりしたよ」

つい先日まで敵対していた綾芽を、よくもああしてすらすらと褒め称えられるものだ。

「言っておくけど、あなたを気持ちよくするためじゃなかったのよ」

「わかってるよ。高瀬の君のためだろう。その御方が心憂いなく余生をお過ごしできるようにと気を遣ってくれたんだな、ありがとう」

と頬を緩めると、羅覇は盛大に息を吐きだした。

「もしやと思ってたけど、やっぱりあなた、全然気づいていないのね」

「……なにをだ」

「その高瀬の君、さっき喜多さまとお話ししたときに、うしろで話を聞いていらっしゃったのよ。小屋の陰に倚子が置いてあったでしょう。そこに座っておられたわ」

え、と綾芽は目をみはった。全然気がつかなかった。

「でも、なぜその人が高瀬の君だって言いきれるんだ」

「とてもやつれていらっしゃったし——そもそもそんなの関係なく明々白々だったわ」

「明々白々？　なぜだ」

眉を寄せていると、ほら、と羅覇は顎をあげて、陸の喜多たちに目を向けた。

「今もいらっしゃるから見てみなさいよ。喜多さまのうしろに控えめにお座りになって、あなたのことをじっと見あげてる」

綾芽は身を乗りだした。確かに喜多のうしろに倚子があって、痩せた女人が座っている。年は五十の坂にさしかかるころだろうか。美しい顔には死相が表れていて、もう長くはないのがすぐに見てとれた。戻ってくるころには、この世の人ではないかもしれない。

その痩せたかんばせを、綾芽は食い入るように見つめた。息を呑んで、目を大きく見開いた。

確かにやつれて、病に冒されている。かつての面影はわずかばかりだろう。それでも見る人が見れば一目瞭然だ。

──ああ、あの御方は。

そう思ったときには、身を船べりに押しつけて、懸命に叫んでいた。

「あなたの呪いはけっして成らない。あのひとは人として幸せに生きる。約束する！」

岸では喜多が首をかしげている。櫂を漕ぐ水手の声に紛れ、海風にさらわれて、綾芽の声は岸まで届かないのだ。

だが綾芽は諦められず、背後で木簡を整理していた男から、「ひとつください」となにも書いていない木簡を奪い取った。

そして木簡を握った両手を海に向かって突きだし、思いきり力を入れてふたつに割った。陽の光を受けて輝く海へ、木の欠片が舞い落ちる。

綾芽は割れた木簡をめいいっぱいに持ちあげて、高瀬の君へ思いを込めた目を向けた。あの御方ならば、これがなにを意味しているのかわかってくれるはずだ。

そう、あれは怨霊桃夏が贈った木簡の、呪いの予言に囚われた哀れなひと。それでも別の行く末への希望を断ち切れず、非情になりきれなかったひと。

そして、愛しい我が子が破滅の道ではなく心安き一生を送れるようにと、生涯をかけて懸命に祈っているひと。

船は岸を離れる。水手の櫂にますます力が込められる。見送る人影は小さくなる。それでも綾芽は目を離さなかった。

高瀬の君が立ちあがろうとしたのが見えた。驚いた喜多に、高瀬の君はなにごとかを告げる。喜多は一瞬戸惑うそぶりを見せたが、すぐにその身を支えた。

腰をあげた高瀬の君は、ほっそりとした腕を天に掲げる。そして微笑みを浮かべ、ゆっくりと手を振り綾芽に応えた。

綾芽も大きく腕を振りかえした。

見えなくなるまで、ずっとずっと振っていた。

＊

――あなたはまだ、重大な隠しごとをしている。

二藍にそう言いあてられても、十櫛の柔和な表情はまったく揺らがなかった。

「やはりお気づきでしたか。気づいていらっしゃると思っておりました。ちょうどよかった、わたしも、殿下がお目覚めになったらお話しいたそうと考えていたのです」

すこし首を傾けて、二藍を穏やかに見返している。気負いも焦りもない。

話そうとしていたのは事実なのだろう、と二藍は察した。

「十櫛王子は、わたしがなにをもってそう問うているのかおわかりなのですね」

ええ、と十櫛はかすかにうなずく。

「羅覇にかかっている心術についてでございましょう。お察しのとおり、わたしはあの娘を心術で操っております」

「……やはりそうでしたか」

綾芽は出立前、文に書き記していた。

羅覇には心術がふたつかかっている。ひとつは二藍が垂水宮(たるみのみや)で尋問したとき、真実のみを語るようにとかけたもの。そしてもうひとつは、おそらく十櫛の手によるものだ。今さら十櫛が兜坂に害をなすとも思わないが、なんのための心術なのかは早めに問いただしたほうがいい。

まさに綾芽の言うとおりだったわけだ。

「単刀直入にお尋ねしますが、羅覇に心術をかけたのはなにゆえです」

「すべてはあなたさまをお守りするためでした、殿下」

「わたしを?」

「はい。かつて殿下は、垂水宮で羅覇を尋問されました。あの者がなにを企んでいるのかを、心術を用いてつまびらかにされようとした。そんな殿下を羅覇は、号令神と『的』にまつわるもろもろの事実を用いて破滅させようとしたはずです」

「……然り」

二藍は羅覇を幽閉し、尋問し、しまいには心術でその企みを強引に暴いた。号令神なる理の神が必ずどこかの国を滅ぼすこと、それは各国に生まれた『的』のうちで最初に神と化した者の祖国であること、さらには自分自身がその『的』だと知った。

そして羅覇は、真実を知って動じた二藍をさらに揺さぶり、破滅させせんとしたのだ。

「わたしは、いつか殿下と羅覇がそのように激しく対立するのは避けられないと悟っておりました。そしてその際に、もし殿下がご自分のさだめのすべてをお聞きになったとすれば、望み断たれて神と化されてしまうやもと憂慮しておりました。ゆえにわたしは」

「羅覇の知識をいくぶん書き換えられた、と」

ええ、と十櫛は困ったような笑みを浮かべた。

「あまりに酷な『的』のさだめについて、真実とはわずかに異なることを伝えるよう仕向けました。もし羅覇が、心術にてすべてを白状するよう命じられたとしても、まことのすべてとはなりませんように」

「……真実が、わたしの心を完膚なきまでに打ち壊さぬように」

「ええ」

あのとき二藍は、自分が祖国を滅ぼすためだけに生まれてきたと知り、打ちのめされていた。絶望させようとする羅覇の攻め手をどうにか躱せただけだったし、躱したあとも、死ぬしかないと思いつめて、実際死を選んだのだ。

そんな二藍が、もしすべてを知ってしまえばどうなったか。すこしも耐えられず、己の運命に絶望し、神と化し、国を滅ぼしていたかもしれない。

それを見越していたからこそ、十櫛は羅覇にあらかじめ心術をかけておいた。あまりにも非情な『的』のさだめを二藍が一度に耳にしないよう、羅覇の記憶を操っておいた。

そういうことなのか。

十櫛は、本気で二藍を破滅させようとしていた羅覇とは違う。兜坂が滅びることも、二藍が神と化すことも望んでいなかった。それで二藍が受ける衝撃をやわらげようとしたのか。

「つまり――」と二藍はかすかに息を吐きだした。「まことの『的』の運命は、今わたしが知るものよりさらにむごきものなのですね」

けっして死ねず、ただひたすらに神に惹かれてゆく身を引き留め耐え続ける。もしそれができずに神と化せば、祖国に号令神がやってくる。滅国を言い渡す。

　それが二藍の理解だった。だがここにはわずかに手を加えてあるという。二藍をいたずらに追いこまぬよう、棘を抜いてある。

「仰せのとおり、まことの号令神の理はより酷薄であり、より美しきものです」

　美しい、と神ゆらぎらしい言い方をしたあと、十櫛はすぐに続けた。

「ですがご心配はいりません。羅覇が己の知識の誤りに気づかぬくらいの、ほんのすこしの違いです。殿下が人であり続けてさえおられれば、縁もないことでもあります」

「……そう伺って、少々安堵いたしました」

　人であり続ければよいというのなら、二藍が神と化したあとに起こるなにごとかに虚偽があるのだろう。自身は人の心を失い永劫さまよい、国は号令神に滅ぼされる。それより過酷な末路など思いつかないが――

（なんであっても構わぬ。わたしは神になど化さぬ）

　ならばどんな運命であろうと、縁もない。

　二藍の決意は、十櫛も承知のようだった。

「殿下は苦境を乗り越えられた。そのお心はもはや、号令神の理ごときで崩れ去るほどもろきものではございません」

「ゆえに真実を明かされると」

「ええ。それに殿下のおそばには、殿下をお助けしようと心を砕く者も数多おりますから。僭越ながらわたしもそのひとり」

と十櫛はにこりとした。

「とはいえ信用できませぬようなら……まだ間に合いましょう、綾芽のもとに駅使をお遣りになって、羅覇の心術を解くよう仰せつけくださいませ。羅覇の口から真実を聞きだし、都に知らせを寄こさせたとしても、お知りになる事柄は同じです」

二藍はわずかなあいだ考えて、笑みを返した。

「それはやめておきましょう。わたしはあなたを信じておりますよ」

十櫛はいささか意表を突かれたようだった。

「……なにゆえ信じると仰ってくださります。畏れながら殿下らしからぬご判断かと」

そうかもしれない。二藍は長いあいだ、ひとを安直には信じないようにしてきた。心の奥では信じたいからこそ、裏をとって調べ尽くして、確かに心を許していいのだと安堵できねば怖かったのだ。

だが、今はそうして構えなくてもいい。

「簡単なことです。あなたは、我が妻が信じるに足ると断言したおひとだ」

綾芽は、ひとの心の底をも見通す目をもっている。見誤ったことは一度もない。だから不安に思う必要もない。綾芽が信じるものを二藍は信じる。

「それにわたしは、これから海を渡り大役を担わねばならぬ娘に余計な心労をかけたくないのです。あの娘はひとのことばかり心配している」

いつも、誰かを助けるために身を削っている。それは綾芽の危ういところでもあって、二藍はひそかに案じていた。

「まったく仰るとおりです」

と十櫛はうなずいた。それから深く息を吸い、真剣な表情で口をひらいた。

「承知いたしました。それでは『的』の、まことのさだめをお話しいたしましょう」

第二章　祭官、謀をめぐらせる

船師曰く、船は湾を出入りするときこそが恐ろしいのだという。波の下に隠れた岩や浅瀬で座礁すれば、船などあっというまに水の底に沈む。

もっとも、そう綾芽を脅した船師自身は、櫂を漕ぐ水手を己の手足のように操って、どんな港に至っても危なげなく船を進めてみせた。さすがは喜多の信篤き船師である。

そうして綾芽を乗せた船は順調に西へと向かった。明け方無事に湾を抜けると、網代でできた帆をあげ風に乗る。兜坂国の沿岸を左に眺めつつ進んで、日暮れにはまた別の港に入る。佐太湊への道ゆきはこのくりかえしだった。

残念ながら船人ではない者にとっては、快適な旅とは言いがたい。冬の厳しい荒天の余波はそこここに残っていて、海辺の里で育った綾芽でも、毎夜の入港のあとはぐったりと褥に潜りこむので精一杯だ。

それでも喜多が約束したとおり、船の人々はよくしてくれた。荒っぽかったり寡黙でぶっきらぼうだったり、都の官人とはまったく違う者ばかりだったが、誰もが綾芽たちを敬ってくれて、親切だった。その日に焼けた顔には、『大君の船乗り』たる自負と誇りが輝いていた。

そうして西へ西へとひと月あまり。

いよいよ明朝には目的の港、佐太湊に入るという夜に船が泊まったのは、佐太湊を擁する湾のそばに位置した小さな島だった。

船人たちは船をおりるや、最後の夜だといって宴をひらいた。すっかり馴染んでいた綾芽一行もせっかくだからと誘われて、その輪に加わった。綾芽は斎庭で見た美しい神々の話を語ってみせたし、羅覇は、船師が外つ国の船人からもらったという蛇皮を張った珍しい楽器を、慣れた手つきでつま弾いてみせた。

楽しい夜だった。

「それにしても驚いたわね」

宴が開きになったあと、綾芽は羅覇に誘われて、港を見おろす小高い丘へのぼった。丘の頂に並んで座り、木立の合間から垣間見える銀の月と、その姿を映した夜の海を眺めていると、ふいに羅覇がさっぱりと漏らした。

「こんなにも早く佐太湊に着くなんて思わなかった。兜坂の船人もなかなかの腕ね」

「わたしたちのために急いでくれたんだよ。喜多さまは、必ず二十日で佐太湊に送り届けてみせるって啖呵を切っていたしな」

「海の民は威勢がいいものよね。わたしの国の者もみなそうよ」

羅覇は珍しく、やわらかな視線を月へ向けている。この月を同じように見あげているだろう祖国の人々に、思いを馳せているのかもしれなかった。

「ようやく八杷島へと向かえるな」

「そうね」

「嬉しくないのか？」

「どうかしら。嬉しくもあり怖くもある。それが半々ね」

それは、羅覇の正直な感情のようだった。

羅覇は、王太子鹿青を支える一の祭官だ。八杷島において一の祭官とは、王や王太子のもっともそばに生涯付き従う者であり、その絆は肉親や伴侶とのそれより強いとされる。そうでなくては、神ゆらぎである主の祭祀を一手に担うことなどできないのだ。

だからなのか、羅覇も主たる鹿青への想いは誰より深い。鹿青は玉央の神ゆらぎに心術をかけられて、自分ではどうにもならない破滅への憧れを心に刻まれ、ただ終わりだけを願っている。そんな主を一刻も早く救いにゆきたいと逸る一方で、変わり果てた姿を見るのは怖くて仕方ないのだろう。

（わたしも同じだったからわかるよ）

綾芽も黙って月を見あげた。

変わってしまった大切なひとと向き合うのは恐怖だ。できれば目を背けていたい。助けたいからこそ会いたくない。矛盾した感情に心が揺れるのは、綾芽もそうだったから誰より理解できる。

「大丈夫だよ、鹿青さまは必ずお助けする。わたしはそのために行くんだから」

つい羅覇の腕に触れると、あら、と羅覇は皮肉めいた笑みを浮かべた。

「やさしいのね。忘れてるかもしれないけど、わたしはあなたの友人を死に追いやって、あなたの夫を殺しかけて、あなたの国を滅ぼそうとした女よ」

かつて絶世の美女を装っていたころを思わせる口ぶりに、綾芽は苦笑を漏らした。

「だけどあなたは、二藍さまと国を生き延びさせてもくれたよ」

「だから許したの？」

「許したというか、信頼したってほうが正しいな」

「お人好しなのね」

――お人好しか。

海へと目を向けた。月明かりを受けてきらめく夜の水面に、裾ひく山並みが影を落としている。湾の中ほどに、小舟が一艘浮かんでいた。穏やかな波間の光にたゆたっている。

「ときどき言われるけど、わたしはそんな甘ちゃんじゃないよ。誰にでもやさしいわけでもない。自分なりに考えて、あなたは信頼できるって決めただけだ」

「こんな得体が知れない女を?」

「得体は知れてる。あなたとわたしって、ある意味ではちょっと似てるからな」

「……似てるわけないでしょ。あなたっていつも迷いがないもの」

そうかな、とだけ返して綾芽は立ちあがった。

迷いなんて、いつだっていくらでもあるが言わなかった。

(たぶん、わたしは恵まれてるんだ)

なにがなくとも物申という希有なる力があるのだと、いつでも心の底で安堵できる。だからさも迷いがないようにふるまえるのだろう。

「さ、ゆこう。そろそろ約束の刻なんだろう?」

夜の海に揺れる小舟が山陰に消える。丸みを帯びつつある月が西の海に沈みゆく。綾芽が促すと、そうね、と羅覇も腰をあげた。

よれた衣を両手ではたき、肩を上下させて息を吐く。それから羅覇は頬を引きしめて、懐から小さな竹笛を取りだした。口に含み、息を吹きこむ。

鋭い音が、ざわめく林に響き渡った。

「いい？　言っておいたとおりにしてね」

「わかってる。あなたもちょっとはわたしを信頼してくれ」

「してるけど、あなたって変なところで素直だから――」

言いかけた羅覇が口をつぐむ。

林が揺れている。枯れ葉を踏む音がする。

駆けてくる。

人の足音だ。それもひとりではない。

はっと振り返った。同時に暗がりから、荒々しい身なりの屈強な男ばかりが数人飛びだしてきた。綾芽と羅覇を取り囲み、じっと見定めるようにこちらに目を向けて、やがて羅覇に伺いを立てる。

「祭官、羅覇さまでございますね」

「いかにも王太子殿下が一の祭官、羅覇である」

羅覇が堂々と答えると、とたんに男たちはかしこまる。ひざまずいた男たちに囲まれて、冷ややかな顔をした羅覇だけが月の光を浴びて立っている。

「祭官が兜坂の女官に扮して戻ってこられると耳にし馳せ参じました。賊に襲われたように見せかけ、ここからお連れいたせばよろしいか」

「そうだな。跡を残さぬよう留意せよ」

かしこまりましたと答えてから、それにしても、と男は言葉を継ぐ。

「突然のお戻り、驚きました。とうとう我らが悲願をお果たしになり、兜坂の王太子を破滅させられたのですか」

「そのとおり、春宮二藍は神と化した」と羅覇は即答する。「刻満ちれば悲願は成り、我が八杷島ではなく、この兜坂国に滅びがもたらされるであろう。ゆえにわたしは国へ帰還する。兜坂の船の者どもに気づかれぬよう、我らが船にわたしを運べ」

言うや男たちが地面におろした小さな輿に乗りこむ。後ろを振り向きもしない。

「こちらの者はどうします。捨て置きますか」

羅覇の座す輿を持ちあげてから、男たちはようやく、うしろで黙っている綾芽に意識が向いたようだった。男のひとりが顎をしゃくって綾芽を示すと、羅覇は涼しく答えた。

「連れていく。この者は兜坂を裏切り、わたしに従うと申すのでな」

ねえ、と綾芽を見おろし目を細める。綾芽が小さくうなずけば、男のひとりが綾芽の身を担ぎあげる。

男たちは声もなく走りだした。

ゆきさきは、喜多の船が泊まっているのとは別の小さな浜辺だった。闇に紛れ、さきほど目にした小舟が待っている。男たちは綾芽と羅覇を乗せるや海に漕ぎだした。まだ綾芽は信用されていないのか、口に布を噛まされ、両手を縛られ舟の板底に転がった。

羅覇はひとり、船旅で薄汚れた女嬬の衣のまま、すっくと立って陸を見つめている。

夜の湾を抜けでた小舟は静かな海を漕ぎ渡り、再び陸に辿りついた。八杷島の言葉がわからない綾芽には推しはかるしかなかったが、どうやら本土に渡ったらしい。男たちは馬に乗り換え、西に馬の鼻先を向けた。綾芽は縄に巻かれたまま、馬の尻に荷のようにくくりつけられる。揺さぶられるうちに目が回って吐き気がした。

耐えているうちに気を失ったらしい。次に目が覚めると藁の上に寝かされていた。魚臭い灯火が板壁を照らしている。潮の匂いがして、小屋の外から波音も聞こえるから、海辺の小屋のうちだろう、と綾芽はまだくらくらする頭の隅でぼんやり思った。

と、誰かに頰を何度もはたかれているのに気づいた。

「ねえ、大丈夫？」

瞬きしているうちに焦点が合う。覗きこんでいるのは羅覇だ。

「……まさかこんな荒っぽく連れてこられるとは思わなかったよ」

綾芽は大きく息を吐いて身を起こした。

「佐太湊に着く前に、あなたの手勢が迎えに来るとは聞いていたけど、これじゃあ攫われたみたいじゃないか」

本来であれば、喜多の船は明日佐太湊に入港する。そして綾芽たちは佐太湊で羅覇の配下の海商と落ち合い、八杷島まで渡る手はずだった。だが羅覇は、佐太湊に入港するまえに喜多の船を降りると言いだした。

「攫うみたいにしてじゃなくて、攫ったの」羅覇はこともなげに答えた。「これでめでたく、『都から遣わされた斎庭の使いは行方知れずになった』でしょう？　佐太湊にいる玉央の者の目も欺けたわ」

わかってるけど、と綾芽は肩をすくめる。

そう、これは羅覇の策略だったのだ。どれだけひそやかに動こうと、喜多の船が佐太湊に正式に入港してしまえば、大君に遣わされた娘がふたり乗っているという噂は広まってしまう。都でなんらかの騒乱があった事実自体はすでに陸路で伝わっているだろうから、玉央の者どもは綾芽たちを捕らえて詳細を聞きだそうとするかもしれない。だったら『大君の使いの娘は入港前に行方不明になった』ほうがよい。いなくなった者を襲うことなんて、誰にもできないのだ。

当然喜多の船の船師も、綾芽を守り付き従ってきた舎人たちもこの企ては知っている。

だけど、と綾芽は眉をひそめて手首の縄の痕をさすった。

「なぜ正直にわたしたちは手を組んだって言わずに、兜坂が滅ぶだなんて嘘を告げたんだ。わたしたちを乗せてくれる海商の一行って、あなたの配下の仮の姿なんだろう？」

「だからこそよ」

いい、と羅覇は声をひそめた。

「わたしは配下の誰にも真実は明かさないわ。あなたの国を見事陥れて戻ってきたと信じさせたいの。わたしは使命を果たして、意気揚々と帰国するんだってね」

「なぜそんな真似をする。せっかく国に帰れるのに、仲間に嘘をつく理由がわからない」

「いまや八杷島には、玉央に屈した者が多くいるの。これから乗る船の中にさえ、玉央に心を売った者がいないとは限らない。もしそういう者に兜坂と結んだと知られたら困るでしょう。あなたという物申がいるって感づかれたらもっと困る」

羅覇は嚙みしめるように言った。

「わたしには、あなたを無事に国に返す義務がある。だからこうするって、斎庭を出る前には決めてたの」

あまりに羅覇がはっきり言いきるので、綾芽は驚いた。羅覇にとっては、鹿青の心術が解けさえすればあとはどうでもいいと思っていた。だが羅覇は、そこで綾芽を放りだすつもりなんて微塵もないのだ。

綾芽が気分を害して黙っていると誤解したのか、羅覇は目を伏せた。

「身内に嘘をつく女を疑わしく感じるのは当然だと思うけれど――」

「信じるよ」と綾芽は微笑んだ。「あなたの話は理に適ってるし、それにさっきも言ったように、わたしはあなたを信頼すると決めたんだ」

羅覇は目をみはって顔をあげた。それからふいとそっぽを向く。

「……とにかく覚えておいて。わたしは二藍さまを絶望させて、神と化させるのに成功して戻ってきた。つまりは半年後に、号令神が兜坂を訪れて滅国の神命をくだす。そういうふうに、みなに信じこませるつもりだから」

「嘘だとしても聞きたくない話だけど、わかったよ。でもなんだか意外だな」

「なにが意外なの」

「いや、号令神の訪いが決まっても、実際国が滅ぶのは半年後なのか。『的』が神と化したらすぐさま号令神がやってきて、滅国を言い渡すんだと思ってた」

「そうでもないのよ。まあ、半年猶予があったところで、滅ぶと決まった国が運命を覆せるわけでもないけれど。せいぜい上つ御方が国を捨てて逃げだすくらいしかできないし、本当に逃げだす王族なんて実際はいないわ。当然よね。だって号令神っていうのは――」

とまで言ってから、羅覇は急に言葉を切った。眉を寄せ、怪訝そうな表情をしている。

「どうした？　具合でも悪いのか」

「いえ、そうじゃなくて。なにを言おうとしたのか忘れちゃったのよ。なんだったかしら。えっと……」

しばらく考えていたが、やがて諦めたらしい。

「まあいいわ、忘れるのならたいした話じゃないのよね。それで話を戻すと、今ちょうど外にわたしの配下の主だった者がいて、説明を待ってるのよ。わたしに長く仕えている、夕栄って随身とかがね。その者たちにも、兜坂が号令神を引き受けると決まったって話をするから一緒に来て。もちろんあなたは黙っていてくれていいから」

羅覇はてきぱきと言うと、綾芽を立たせて小屋の戸をあけた。

小屋の外には、さきほど綾芽たちを攫った男を含めて十数名が待っている。羅覇の姿を見るや、揃って八杷島式の礼をした。格好は船乗りだが、ふるまいは位の高い官人のそれだ。祭官としての羅覇を支えるために付き従ってきた者たちなのだろう。

一斉に向けられた敬意を、羅覇は背筋を伸ばし受けとめ声を張った。

「このようなみすぼらしい娘のなりをしているが、わたしは王太子付き一の祭官、羅覇である。ただいま戻った」

　男たちは八杷島の言葉で応えた。羅覇は綾芽にちらと目をやり、兜坂の言葉で続ける。

「こちらの娘は兜坂の女官である。この娘にもことの由が察せられるよう、兜坂の言葉を用いて話すゆえよく聞け。幾人かにはすでに伝えたとおり、わたしは企てどおり、兜坂の王太子を破滅させた。半年のちには、この国はひとつの稲穂も実らぬ死の国と化すであろう。我が国は号令神の訪いを免れた。我らは鹿青さまをお救い申しあげたのだ」

　雄叫びのような歓声があがる。綾芽に聞かせるためか、わざと兜坂の言葉で快哉を叫ぶ者までいる。

　さすがは我らが祭官。八杷島万歳、万々歳。

　綾芽は青ざめながら見守った。実際は二藍は無事だし、その危機を救ったのは当の羅覇だ。だが今羅覇が語ったような末路もありえた。すぐ隣に転がっていた。

　羅覇は男たちに笑みをもって応えたのち、こう続けた。

「この朗報を一刻も早く我らが祖国に届けねばならない。ゆえにわたしは、佐太湊に遣わされた女官に身をやつし、お前たちのもとに戻ってきた」

　滅国がもはや避けられないと悟った大君は、自分たちだけでも国外へ逃亡しようとしており、その準備のために羅覇と綾芽は遣わされた。そう羅覇は説明した。男たちは、己の身の安全しか考えない兜坂の上つ御方に憤慨したようだった。八杷島の言葉だからはっきりとした意味までは知れないものの、汚い言葉で大君や鮎名を罵っているのが綾芽にもわかった。ときおり兜坂の言葉も交ざる。国を見捨て、血を分けた王太子をも見捨てて逃げだすか。暗君ここに極まれり——。

反論したいところを、綾芽はぐっとこらえた。今の綾芽にできるのは、羅覇を信じることだけなのだ。

ひととおり罵声を綾芽に浴びせてから、男たちは羅覇に問いかけた。

「それでは祭官、我らはすぐにでも祖国へ出航するべきなのですね」

「然り。佐太湊の官人どもに気づかれないうちにこの国を発つ」

佐太湊を守る官人の隙をついて出航するのだという。佐太湊は外つ国との交易のための港だから、船の出入りは厳しく管理されている。出航の前にはどんな船も例外なく、積荷から乗りこむ人員まで、官人に厳しく見定められる。そしてようやく出航の許可がおりる。

それを待ってはいられないし、そもそも官人らに綾芽と羅覇の存在を知られると厄介だ。

「まずお前たちは、夜に紛れて佐太湊を出航せよ。そしてわたしと、この女官崩れを沖で拾いあげて八杷島に運べ。よいな」

奉、と男たちは答えた。

だがひとりだけ、片目を布で隠した背の高い男が、流暢な兜坂の言葉で口を挟んだ。

「お言葉ですが祭官。そのようにひそかに出航するのは不可能かと」

大君と同じくらいの年だろうか。日に焼けた肌は引き締まり、隻眼に宿る光は鋭い。だがその凄みのある外見とは打って変わって、凪いだ海のような話し方をする。

羅覇にもっとも近く、そして長く仕えている随身の夕栄とはこの男だと綾芽は悟った。

「なんだ夕栄、不満なのか？」

羅覇はわずかに顔をしかめた。「我らは誇り高き海の民。それがまさか、夜闇のうちでは出航できぬと？」

「闇に紛れて出航するのは可能でしょう」夕栄は静かな調子を崩さない。「佐太湊は勝手知ったる港です。陸に篝火を一定の道程ごとに焚き、その火と船の位置をよく見比べながら進めば、夜闇のうちでも外の海に出ることはできます」

「ならばなにが難しい」

「祭祀です、祭官。外の海へ無事に出るには、烏帽子島での祭祀が欠かせません」

烏帽子島。

その名を聞いて綾芽ははっとした。

――そういえばそうだ。

耳にしたことがある。佐太湊のある湾と外の海との境界に、ぽつりと小さな島が浮かんでいる。それが烏帽子島だ。外の海に出るためには、必ずこの島の脇を抜けねばならない。だが周辺はたいそうな難所と知られていた。烏帽子島には恐ろしい海神がおわして、通る船をことごとく座礁させるのである。

沈められないための術はひとつだけ。海神をはるか都の斎庭へ招き寄せる。そうして神が斎庭でもてなされ、烏帽子島を留守にしている隙に通り過ぎてしまう。

はじめは聞くだに厄介な神だと思ったが、実はそうでもない。多くの神と同じく、人にとって悪しき面もあれば、利となる面もある。都から遠く離れた佐太湊が兜坂一の交易の港となったのは、ひとえにこの海神がおわすゆえだという。祭祀なくしては出てゆけない港は、他国の船を監視し、管理するのにもってこいだったのだ。

夕栄の指摘は続く。

「無事の出航には、烏帽子島の海神を斎庭へ追い出さねばなりません。そして海神を追い出すには、佐太湊の官人に烏帽子島にて招神符を焚いてもらうのが必須」

烏帽子島にある神籬の前で招神符が焚かれると、海神ははるか都の斎庭へ導かれる。そうして斎庭で待ち構えている花将にもてなしを受ける。

「招神符が焚かれるのは、出航の許可を得た船が揃ったときだけです。許可を得るには、船の積荷や人員をことごとく検められねばならない」

「それはできぬ。我らの出航は秘しておきたい。すくなくとも外の海に出るまでは」

「でありましょう。もし他にも船が多数出航するような季節であれば、他の船に紛れられるかもしれませんが、今は海に出る時季には早すぎるゆえ、難しいかと」

他の船の出航に乗じて出てゆく策はとれず、かといって出航の理由を詮索されるわけにもいかない。それでは出航は叶わないと夕栄は懸念しているようだった。

だが羅覇は動じなかった。

「案じなくともよい」

不敵な笑みで男たちを見渡すと、背後にいた綾芽の腕を掴んで引き寄せる。

「なんのためにわたしが、この斎庭の女官をここに連れてきたと思っている？　この者は女孺――つまりは下級女官のいでたちをしているが、実際はそのような下々の者ではない。斎庭にて兜坂の神を招く役目を担う、れっきとした王の妻妾である」

男たちの目が一斉に綾芽に集まった。なにを言いだすんだ――と綾芽は青くなりかけたが強いて平静を保った。羅覇に任せると言ったのだ。信じなければ。

「祭官、まことですか？　とてもそのような力を持っている娘には見えません」

「見た目に騙されるな。兜坂の大君は、己らだけが逃げだすための船を手配させせんと、この娘を遣わしたのだぞ。当然それなりの位の者が使いとなるに決まっている」

「であるならば」

黙りこくった夕栄をよそに、男のひとりが息を呑む。

「官人の許可などもはや必要なし。その女の神招きによって、我らは海神を送りだせる。そして神の留守のうちに外の海へ戻ってゆける」

「そのとおりだ。夜に紛れてこの者を烏帽子島に向かわせる。そこで招神符を焚かせれば、神は斎庭へと誘われるだろう。その隙に出航してしまえばよい」

おお、と男たちは尊敬のまなざしを羅覇に向けた。

さすがは我らが祭官だ。これで八杷島はますます安泰だ。

羅覇は胸を張り、当然のごとくその賞賛を受けとめた。

「――ていうもくろみだから、あなたが海神を斎庭に導いてくれる？　もちろん斎庭のほうにも事情は伝わっているわ」

話を終えて再び小屋へと戻った羅覇は、戸をしめるや息を吐き、少々疲れた様子で告げた。いつも堂々としていて、不遜にすら思える羅覇だが、そのように見せるために気を張っているらしい。八杷島において、祭官は王や王太子の意志そのもの。軽んじられるようなふるまいはできないのだろう。

「烏帽子島に行って招神符を焚いて、神を斎庭に送ればいいのか？　やってみるけど、そういう大事なことはさきに言ってくれ」

「あなたは春宮妃なんだもの、この程度の祭礼は簡単にこなせるかと思って。出立前に二の妃の高子さまが、今のあなたなら目をつむってたってできるって仰っていたし」

「……そう仰ってくれてたのなら、できるのかな」

と綾芽は苦笑いを返した。高子も大きく出たものだ。年始の祭礼の際にみっちりと指導してもらっていなかったら、とても無理だっただろうに。

「じゃあ問題なしね。船には夜闇に乗じて出航してもらう。あなたが海神を斎庭に送ったら、わたしたちを拾ってもらって、そのまま外の海に出ていくって算段よ。一応わたしもあなたに同行して、できるかぎりは助力するつもりで――」

羅覇は短く息を吸いこみ、言葉をとめた。大きく見開いた目は綾芽の背後、戸口のほうを向いている。

なにごとかと振り向いて、綾芽もはっと口を引き結んだ。

戸がいつのまにか、音もなくあいている。そこから男がひとり、こちらを厳しく見つめていた。羅覇より十は年上の、背の高い男。黒き瞳によく焼けた肌。片目には布を巻いている。

　羅覇の寡黙で忠実な随身、夕栄だ。

　羅覇はつかつかと寄っていって、皮肉交じりに口をひらいた。

「誰も入れるなと命じていたはずよ。言いつけを自ら破ったうえ、主の許しもなく盗み聞きとは、しばらく会わないうちによいこころがけを身につけたものね、夕栄」

　しかし夕栄は申し開きをするそぶりすらなく、小屋のうちに入りこんで後ろ手で戸をしめた。さらには誰にもあけられないよう心張り棒を渡す。

　そして口をひらかぬままに、黒々とした隻眼を羅覇にぴたりと合わせた。

「どうしたの、なにか言いなさい」羅覇は焦れたように声をかける。「わたしの命が聞けないというのなら――」

　夕栄の手が、帯に挟んでいた短剣の柄に伸びる。綾芽はとっさに飛びだそうとしたが間に合わなかった。夕栄は目にも留まらぬ早さで短剣を抜き放ち、羅覇の喉に突きつける。

「伎人面はどこにやったのです、祭官」

「……夕栄、お前、なにをしているかわかっているの」

「質問にお答えください。今この兜坂であなたがまことのお顔を見せてよいのは、幼少のみぎりよりお仕えしているわたしだけのはずだ。あなたは伎人面を被り、世にも美しい顔をつくりあげ、兜坂の王太子を惑わせせんと斎庭に向かったはずでしょう。それがなぜ」

と、羅覇のそばかすの浮いた素顔を睨めつけた。

「そのまことのお顔を晒して戻ってこられたのですか」

「それは――」

「それはあなたが、兜坂の王太子の心術で操られ、いいように動かされている証左ではないのか」

羅覇の身体が強ばったのがわかった。綾芽の背にも冷や汗が伝っていく。

この随身は疑っているのだ。羅覇は、二藍を破滅させたわけではない。駆け引きに敗れ、二藍の心術に操られて、兜坂の手駒と化して戻ってきたのではないかと。

「……わたしが操られていると？　どんな根拠で申しておる！」

はっと我に返った羅覇は、喉元の刃などものともせずに叫んだ。

しかし夕栄はびくともしない。

「仗人面を失われたのはなぜかとお尋ねしている」

短剣を突きつけたまま、羅覇を小屋の壁際へ押しやる。冷たい視線が、助けに入ろうとした綾芽を制す。動いたら容赦はしないと告げている。

「仗人面はあなたの素顔を隠すばかりでなく、心術封じの意味も持ち合わせていた。あれをつけてさえいれば、あなたに心術はけっしてかからない。それどころかもし二藍があなたを強引に心術で屈服させようとしても、かえって破滅するはずだった」

「そうよ、そうしてわたしはあの男を破滅に追いやったのよ！」

「ならばなぜ仗人面を被らず戻ってきたのです。あなたが仰るとおりに二藍が破滅したのならば、素顔を晒す必要などなかった。つまりあなたは嘘をついている。仗人面を奪われ、あの男に心術をかけられた。操られてすべてを吐かせられた。そうでしょう」

　羅覇は言葉につまった。夕栄の疑念は正しい。推測も当たっている。二藍が羅覇の仗人面を奪い、心術をもって企みを白日のもとに晒したのは事実なのだ。

「そうしてあなたは、あの男に意思を奪われた。二藍に操られ、我らを騙して八杷島に戻る気だ。そちらの女も、斎庭が遣わした監視役」

　と夕栄は綾芽を顎で示した。

「でなければ神を招く娘とやらが、このようなみすぼらしい形でやってくるわけも――」

「無礼者が！」

　突如羅覇の袖が翻り、夕栄の頬をしかと打った。羅覇より二回りは大きい夕栄だったが、いとも簡単に虚を衝かれて頬を赤く腫らす。

「わたしのことはいかようにでも申せ！　わたしを案じ諫めるのがお前の役目なのはわか

っている！　だが――」

羅覇は怒りの形相で袖を振り回し、綾芽を指し示した。

「こちらの御方を侮辱するのは、いかなお前とはいえ許さぬぞ！　この御方にすべてが、我ら八杷島と、鹿青さまのすべてがかかっているのだ！」

羅覇は心の底から怒っているようだった。呆然と目を見開いた夕栄は、次の瞬間には疑いと憎悪の視線を綾芽に向けようとした。疑念が証明されてしまったとでもいうように。

だが羅覇はさせなかった。大きく胸を上下させ、夕栄の片目を隠していた布を奪い去る。男を一瞥することなく綾芽に顔を向けてわめきちらした。

「綾芽、ごめんなさい。誰にも言わないつもりだったけど、この者にだけはあなたの秘密を明かさせて。そうしないと説得できないほど、愚直で生真面目な男なの」

「いいけど」

綾芽は、二藍にもらった短刀をすぐにでも抜けるよう懐に手をやり答えた。

「だけど、どうやって信じてもらうつもりなんだ。ある意味、あなたの随身の考えは的を射ているよ。わたしたちは疑われても仕方ない状況だ」

「いいえ、信じさせるのなんて簡単だわ。ねえ夕栄」

と羅覇は自分の従者を睨みあげた。夕栄の隠されていた片目は固くとじている。

「あなたの片目はひらかない。なぜなのか、この御方に話してさしあげて」

夕栄は短剣を手に羅覇を見おろし黙っていたが、女ふたりに対して後れはとらないと踏んだのか、結局は口をひらいた。

「……数年前、我が国に客人が現れた。玉央国の皇族につらなるという若い男だった。我が国と友誼を深めんと、玉央皇帝の親書を携えて現れたのだ。名を隠来という」

突然の来訪に八杷島側は驚きはしたものの、隠来を歓待した。

「隠来は見目良く、大国の威を笠に着ることもない朗らかな男だった。なにより、かの者は神ゆらぎであった。ゆえに、同じく神ゆらぎである鹿青さまはおおいに喜ばれた」

玉央は、広大な領土と数多の民を擁する大国である。皇帝の一族も多数で、王の血を引く者にのみ生まれるという半神――つまりは神ゆらぎの数も多い。ゆえに神ゆらぎは、兜坂のように忌まれることも、八杷島のように国を率いる者として崇められることもない。

――我ら玉央の半神の生き方は、ただびとの皇族と大差はありません。互いに監視し、ときに殺し合う。違いがあるとすれば、我らは物心がつくとすぐに年長の半神に心術をかけられて、皇帝に絶対の服従を誓わされることくらいでしょうか。残酷な心術なのですよ。己の意思を保ったまま、ただ反抗できなくなる。殺したいとどれだけ願おうと、態度にはけっして出せぬようになるのです。ある意味、宦官よりも哀れでしょう?

隠来はそう、軽妙に鹿青に語ったのだという。

その話しぶりが気に入ったのか、それとも、心術で縛られ駒として扱われる玉央の神ゆらぎのありかたを哀れんだのか、鹿青は隠来をそばにおくようになった。

「そして隠来は、誰より鹿青さまのおそばに侍るようになった。幼少からお心を捧げてきた羅覇さまよりも、誰よりもおそばに」

夕栄はちらと羅覇に目をやった。疑念は消えずとも、その隻眼には兄が妹を案じるがごとき色が見え隠れする。

ええそうね、と羅覇は声を落とした。

「それでわたしは道を過ったのよ、綾芽。ある日とうとう鹿青さまは、わたしを遠ざけられた。隠来とおふたりだけで会いたいと仰った。わたしは苛立って、悲しくて、勝手にすればいいと思ってしまった。あの方のおそばを離れてしまった」

その一瞬に、隠来は鹿青に心術をかけた。

絶望し、ただ終わりを望むだけとなるむごい心術を。

「異変に気づいて駆けつけたときには遅かった。鹿青さまは真っ青な顔をしてうずくまっていらっしゃって、わたしにはもう、そのお心は救えなかった。御身から激痛と引き換えに神気を払い、なにも考えられないように深い眠りに落とすしかなかった」

鹿青のことを話す羅覇の横顔はつらそうに歪(ゆが)んでいる。そのわけを、今では綾芽も知っていた。この娘は、泣きながら主の肌を切り裂き神気を払ったのだ。そして後悔に身を引き裂かれ、焦慮(しょうりょ)に駆られてこの兜坂に渡ってきた。

夕栄の話に戻りましょう、と羅覇はかぶりを振った。

「鹿青さまが陥(おとしい)れられたと知ってすぐ、夕栄は隠来を追ったのよ。そして一度は追いつめた。逃げ場を失った隠来は、確かに崖から身を投げた——はずだった」

でも、と羅覇は、夕栄が片目を隠していた布を握りしめた。

「隠来はわたしたちより数枚上手(うわて)だった。夕栄が隠来だと信じて追ったのは、心術で身代わりに仕立てあげられ、自分が隠来だと思いこまされていたわたしたちの輩(ともがら)だった」

誤(あやま)りに気づいた夕栄は、すぐに本物の隠来を追おうとした。

だがそれすら叶わなかった。

「隠来は、夕栄にも心術をかけていたの。それも普通の心術じゃない、じわじわと効き目が現れる心術を、あらかじめ仕込んでいたのよ。……信じがたい技よ。玉央の心術が、研ぎ澄まされた恐ろしいものだとは知っていたけれど」

羅覇は悔しげにつぶやいた。それから思いなおしたように顔をあげ、片目をつむったままの夕栄を綾芽に向かって指し示した。

「とにかくわかったでしょう。この男の右目は心術にやられたの。心術のせいで光を見れば激痛が走るようになって、二度とひらけなくなってしまった」

「……なるほどな」

よくわかった。そういう話ならば、綾芽にできることはある。羅覇の随身の信頼を勝ち得て、その身を救える。

説明するよりするが易しだ。綾芽はゆっくりと夕栄に歩み寄った。

「夕栄さん、どうかしばし、わたしに両手をお預けいただけないか」

「断る。そもそもこんな話をしてどうなると――」

淡々と、しかし嫌悪を滲ませ答えようとした夕栄は、はたと口をつぐんだ。

そして、信じられないと言わんばかりに綾芽を凝視する。

綾芽が何者なのか、なんのためにここにいるのか。その答えに至ったのだ。

それでもこの寡黙な男は躊躇していたが、ついには両手を綾芽にさしだした。指のさきまで太い、剣を振るい海をゆく男の手を、綾芽はしかと握りしめる。

二藍のものとも十櫛のものとも異なる神気が絡みついてくる。羅覇の言葉どおり、夕栄には心術がかかっている。隠来なる玉央の神ゆらぎがかけたものだ。端然として堅牢で、嘲りに満ちた術の気配。

それを一息に打ち払った。

夕栄のとじていた右の瞼が震え、やおらひらいた。左の黒色の目とは異なる海の色の瞳が綾芽を映し、数度瞬きをする。

と思えば夕栄は、はじかれたように綾芽の足元に額ずいた。

「あなたさまが物申とは露知らず、たいへんな非礼を働きました。どうかわたくしの身はお好きに処してくださいますよう」

あっけにとられた綾芽の代わり、羅覇がおおげさに嘆息する。

「なに言ってるの。すくなくとも今、あなたを処すわけがないでしょう。あなたがいなければ八杷島に帰れないし、綾芽を鹿青さまの御許に連れていけもしない。だから綾芽、悪いけどこの男の首は全部終わってからもらってやって」

「いや、いらないよ」

と綾芽は慌てて両手を振った。「夕栄さんが疑ったのはもっともだ。羅覇や国を守ろうとしただけだろうし」

「ほんとお人好しね」

「だから違うって。仕方なかったたって言ってるだけだ。ただ、さっき外で大君を侮辱したのはちゃんと謝ってほしいよ」

「申し訳ございません」

間髪を容れずに謝罪した夕栄に、羅覇は訳知り顔で追い打ちをかける。

「春宮殿下を侮辱したのも悪手だったわよ。そちらもちゃんと謝罪なさい。なんせこの御方は、殿下の唯一の妃なのだから」

「妃？」

夕栄はまじまじと綾芽を見やり、すぐにはっと我に返って頭を垂れた。


それから夕栄は、必ず綾芽を無事に八杷島に送り届け、そして兜坂に送り返すと誓った。その言葉どおり、夕栄率いる海商の一行は着々と出航の準備を整えてくれた。綾芽をなんとしてでも無事に八杷島に連れていかねばならぬと、夕栄は主だった者と何度も協議をくり返し、もっとも安全な航路を導きだした。うまく湾を出て風に乗れば、わずかふつか三日で八杷島が見えてくるという。

無事に八杷島に帰りたい心はみな同じ。八杷島の船人たちは真剣に空を仰ぎ、風を読み、そしてこれぞという日を見いだした。

出航すると決まってからは慌ただしかった。佐太湊に停泊している船にはすでに、ひそかに水や食料が積まれている。各所にちりぢりとなっていた水手たちも戻ってきていた。

あとは官人の目を盗んで、舫を解くだけだ。

刻を同じくして綾芽と羅覇も、烏帽子島へと小舟で漕ぎ出でる。

「本船のほうは、夜更けに湾を出ていくそうよ。あとはあなたが、海神をうまく斎庭に送ってくれれば」

「任せてくれ」

小さな島影がみるみる近づいてくる。林の切れ目に面した浜に人影はない。隠し浜だ。

櫂の音がやみ、綾芽は立ちあがった。浅瀬を越えて、烏帽子島の浜へ足を踏みいれる。慎重に左右を見やってから羅覇を手招きした。烏帽子島には見張りが常駐しているが、どうやらこの隠し浜にはいないようだ。

すぐに戻ってくると船頭に言い置いて、羅覇と走りだした。砂浜に、裸足の足裏がやわらかく沈む。黒く繁る林を突っ切れば、突如ひらけて海を望む小高い丘に出た。

海を見おろすように大岩が鎮座している。星月夜に照らされたそれは、ちょっとした御殿ほどの大きさで、いったいどうやってここにやってきたのかと驚くほどだった。

「これが海神のおわす神座だな」

岩の正面には、立派な神籬がしつらえてある。その前で、背負ってきた麻の袋から綾織の美しい表着を取りだし身にまとった。胸を張る。斎庭の女官として、春宮の妻として神籬に頭を垂れる。

　それから視線をあげ、呼びかけた。

「佐太の海を守る海祇（わだつみ）よ」

　岩の上に影が現れる。肩をいからせた大男が両手を握りしめ、佐太の湾を守るようにいかめしく立っている。かんばせには、夜を照らす神光（しんこう）が満ちている。眩（まぶ）しい光に覆（おお）われていても、口元をとりまく豊かな黒髭（くろひげ）が海風に揺れているのがわかる。

　綾芽は声を張りあげた。

「あなたさまがこの場で外の海に睨みをきかせてくださるからこそ、兜坂国（とさかのくに）は今日（こんにち）まで栄えてまいりました。あなたさまの神威は我らが守り、我らが楯（たて）、何者とて阻（はば）む海の壁、安きをもたらす波の褥（しとね）」

　座礁を招く海は脅威（きょうい）だ。だが同時に港を守り、国を護る砦（とりで）でもある。神とはけっして一面では捉（とら）えられないものだ。恐ろしい姿から目を逸（そ）らさず、恵みの姿に驕（おご）らず、ただあるがままを見据えて益に結びつけることこそ、人の生きる術（すべ）である。

　斎庭（ゆにわ）はそう、綾芽に教えてくれた。

「賜（たまわ）りました数多（あまた）の恵みに深く感謝を表すべく、わたくしどもの王の庭にお招きいたします。珍しき山海のものをずらりと並べ、王の妻が心を込めておもてなしいたします」

ゆえに海神、どうか斎庭へ参られよ。

「兜坂の春宮有朋、字にして二藍、その妻たる朱野の綾芽が畏れかしこみ申し奉ります」

朗々たる口上を終え、綾芽は深く頭をさげた。さあ海神よ、はるか東の斎庭に向かわれよ。もしできるならば、どうか斎庭の人々へのわたしの思いも携えていってほしい。

潮の香りがひときわ香る。目の前の神籬にかけられた円鏡がきらりと光ったときには、大岩の上の人影は失せていた。

「……ゆかれたか」

「ええ、ゆかれたわ」

うしろで控えていた羅覇が、胸をなでおろして答えた。そうか、と息をつき、綾芽はきびきびと振り返った。

「じゃあ船に戻ろう。そしてゆこう。あなたの祖国、八杷島へ」

ありがたいことに風が雲を運び来て、空は陰ってきた。闇に紛れて大岩を離れる。烏帽子島につめている官人も、海神が去ったことにはすぐ気がつくだろう。大騒ぎになるまえに島をあとにして、夕栄らの待つ海商の船に移るのだ。

「海商の船に乗ってしまえばこちらのものよ。悪いけど、わたしたちの船に追いつけるような船も、そんな船を操れる者も佐太湊にはいないもの。喜多さまの船はすばらしいけど、追えと命じられたところでのらりくらりと躱(かわ)してくれるでしょうし」

浜辺を走りながら羅覇は言う。なら安心だな、と綾芽は笑った。冷たい砂に足が沈んで走りにくいが、羅覇の足どりはいつもとまったく別人のように軽やかだった。

「あなたって、砂浜ではわりと走るのが速いんだな」

「普段は遅くて悪かったわね。こういうところは慣れてるのよ」

「さすがは島の民」

小舟が見えてくる。まだ追っ手がかかった気配はないから、ここまでくれば安心だ。

(あのひとはきっと、この砂浜に難儀するだろうな)

舟に駆け寄っていきながら、綾芽は遠く東へ思いを馳せた。

二藍は海を見たことがないと言っていたから、浜になど出たら歩けなくなってしまうかもしれない。いや、案外おおいにはしゃぐだろうか。

小舟に無事乗りこんで、すぐさま烏帽子島を離れた。半刻もゆけば、大きな船が海の上で静かに綾芽たちを待っていた。

夕栄率いる海商の船である。喜多の船と同じく、網代帆(あじろぼ)を備えていた。喜多の船よりすらりとしていて、船首は刃(やいば)の切っ先のように鋭く海に突きだしている。

「祭官、首尾は」

「なんの問題もない」

網代船に移るや、夕栄の問いかけに羅覇が堂々と応える。すると船べりで櫂を持つ水手たちから、わっと歓声があがった。

「それで、そちらはどうなのだ。三日、いや二日で八杷島の影を捉えられるか」

「ご安心を」と船を操る船師が弾んだ声で応える。「瞬きひとつのあいだにお送りいたしましょう」

羅覇は満足そうにうなずくや、八杷島の言葉でみなを鼓舞した。男たちからは「奉！」と力強い声が響く。

櫂が動く。船は黒い海を滑りだす。

いよいよだ。

綾芽はひとり胸を押さえ、いつしか再び顔を出していた月を仰いだ。

（二藍、わたしは元気に行ってくるよ）

だからどうか、あなたも心安くあってほしい。ますます離れてゆくけれど、それは再会の日が近づいている証でもあるのだ。

「――とにかくこの船上では、絶対に綾芽を危険に晒さないで。なにかあったら容赦しないから」

＊

船べりから月を眺める綾芽の背後で、羅覇は夕栄に八杷島の言葉できつく命じた。

夕栄は、心得ておりますと両手を合わせる。

「祭官の気に入りゆえ、けっして非礼は許さぬと、みなには言い聞かせておきました」

「あの子が何者なのかは、誰にも漏らしていないでしょうね」

「ご安心ください、あの方は我が恩人でもございますから」

夕栄はかすかな笑みを見せて、右目の上へ軽く手を置いた。心術が解けたはずのその目は変わらず布に覆われている。物申の力で救われたとは、味方にさえ気づかれてはならない。だからいまだに瞼がひらかないふりをしているのだ。

「その目、とても素敵な色なのに見られないのが残念ね」

「そう仰ってくださるのは、家族を除けばあなただけです。右目だけが海の色をしているのは、不義の子の証と噂する者ばかりですよ」

「そんな根も葉もない噂を気にしてるから、隠来に心術をかけられるのよ。とにかく綾芽の秘密は絶対に守ってね。もし万が一あの子が物申だと知れたら、誰かがよからぬことを考えるかもしれない。なぜだかわかるでしょう」

「ええ。血ですね」

声をひそめた夕栄に、羅覇はうなずいた。

そう、血だ。

物申の血。

もしも綾芽がそれを持っていると知られてしまえば、血眼（ちまなこ）になって求める者が現れるだろう。

「わたしはあの子に借りがある。必ず無事に斎庭に帰さねばいけないの。もしあなたといえど、迷信を鵜呑（うの）みにしてあの子に手を出すようなことがあったら——」

「ご安心くださいと申しているでしょう、羅覇」

なだめるように夕栄は膝（ひざ）を折った。羅覇を見おろしていた長身が、今度は見あげるようになる。感情に乏（とぼ）しい冷ややかな表情だが、目には労（いたわ）りの色が滲んでいた。

「わたしを信頼なさい。わたしはけっしてあなたを裏切りません。そう、何度も申しあげているでしょうに」

「あのね、わたしはもう童じゃないのよ」

「ならばなおさらわかるでしょう。わたしが命令に逆らったことが一度でもありますか」

「確か八つのときに、海に連れていってと頼んだら断られたわね」

「大時化の日でございましたから、当然です」

「時化でもなんでもゆきたかったのよ」

「口さがない噂に傷ついて、死んでしまいたいなどと自暴自棄になって泣いているあなたを連れてゆくわけがございません」

「……仕方ないじゃない。父とも母とも似ていないこの顔のせいで、全部嫌になってしまっていたんだもの」

「我が主は短慮に過ぎる。あのとき海に身投げなどという愚かな真似をしていたら、鹿青さまとお会いすることも、一の祭官として取り立てられることもございませんでした」

「……そうね」

と羅覇は降参したように息を吐きだした。夕栄の言うとおりだ。

かつての大国・斗涼の血を引く美しき一族に生まれながら父母と似ない羅覇は、うつむいてばかりいた。そんな羅覇の手を引いてくれたのが鹿青だ。だから羅覇は鹿青のために、誰より能ある祭官となるべく血の滲むような努力を積みあげてきた。いつか鹿青の手を握り返せるようにと願ってきた。

　その願いは一度途切れ、絶望に叩き落とされて、

（――そしてこの子のおかげで、本当の意味で向き合う勇気を手に入れられた）

　綾芽の背を眺める羅覇に、夕栄は穏やかに声をかけた。

「しばらくお目にかかれないあいだに、あなたは大人になられた。嬉しく存じます」

「わたしははじめから大人だったけれど」

「ではこう申しましょう。まさかあなたが異国で、それもこの兜坂で、友と呼べる方を見つけて戻ってこられるとは思いもよりませんでした。望外の喜びです」

　羅覇は眉を寄せて随身を見やった。

「それ、あの子のことを言っているの？　まさか、友じゃないわ。わたしが斎庭(ゆにわ)でなにをしたのか知っているでしょう。あの子にとって、わたしは仇(かたき)も同然よ。憎まれこそすれ好かれるわけがないじゃない」

「綾芽さまは、そのようなご心情はすでに越えておられるようにお見受けします」

「万歩譲ってそうだとしても、わたしたちは友じゃないの。なんというか……同志よ。同じように大切な御方を守ろうとしているからこそ、一緒にいても平気なのよ」

　羅覇は自分に言い聞かせるように続けた。

「わたしは鹿青さまを、あの子は二藍さまを、必ずお救い申しあげると誓っているの。お二方のどちらも、けっして神とは化させない。ご自分が号令神を祖国に呼んでしまうという絶望を最後に人の心を失って、なにもわからない神となって、滅びた祖国を永遠にさまようような目には遭わせない。そう決めているの」

「そのような関わりも、やはり友と申してよいとは思いますが——」

聞き分けのない妹をなだめる兄のごとく諭した夕栄だったが、ふと怪訝そうな顔をした。

「……なにかしら」

尋ねた羅覇を、黒い隻眼が凝視する。しかし結局夕栄は両手を合わせ、「いいえ、なんでもございません」と深く頭をさげた。

＊

尾長宮の南の庭には、白砂を撒いた優雅な池が大きく広がっている。

その池の汀に二藍は佇んでいた。音もなく寄せるさざ波を眺めていると、屋敷のほうから「ここにいたのか」と声がする。見れば衣の裾を簀子縁に長く引きずった鮎名が、高欄越しにこちらを眺めていた。

「蟄居の身でも、庭に出るくらいは許されますでしょう？」

「無論だよ」と鮎名は笑って、そのまま簀子縁に腰をおろした。慌てて円座を持ってきた女官に人払いを命じている。二藍にあらたまった話があるようだ。

二藍は砂を踏みしめ屋敷に立ち戻り、階の中ほどに沓を脱がずに座った。

「なにを見ていたんだ？」

「庭に、菖蒲の花を植えようかと思いたちまして。どのようなふうがよいのかと考えておりました」

「この池にか？　水辺ならば杜若のほうが似合いだが」

「いえ、わたしが昔住んでいた、東の館の庭ですよ。築山にすこし手を入れれば、菖蒲がちょうど映えるはずです」

「なるほどな」

「号令神をめぐるもろもろが片づけば、二の宮に春宮の位をお譲りして、一介の神祇官として再びあの館に住まおうかと思っているのですよ」

「綾芽とともにか」

「ええ」

「……それがいい」

ふたりはしばし、黙って白砂の庭に目を落とした。陽の光も匂いも、すっかり春のものに変じている。次々と木々は芽吹き、築山も緑に覆われるだろう。

「お話があっていらっしゃったのでしょう?」

「まあな」

鮎名は高欄に身を預けてくつろいだ。

「だがその前に、よい知らせがひとつある。ゆうべ、烏帽子島の海神が斎庭（ゆにわ）を訪（おとな）った」

「……綾芽が招いたのですか」

「そのとおりだ。あの娘は無事、外の海へ出ていったようだよ」

思わず振り返った二藍に、鮎名は口の端（は）を持ちあげてみせた。二藍は幾度か小さくうなずいて、再び顔を庭へと向ける。

「あの娘のことです、うまく成すと思っていました。心配などしておりませんでした」

「嘘をつけ」

鮎名はくつくつと笑って身を起こす。それから長く息を吐き、静かな声で言った。

「二藍」

「はい」

「『的』のさだめの真実を、十櫛から聞いたな」

二藍はわずかに目を細めた。そうして「ええ」と答えた。

「聞きましたよ。羅覇の語った『的』の話には、真実とはいささか異なる部分がある。それがなんなのか、十櫛王子はわたしにはっきりと伝えました。それがどうかしましたか」

「いや。我らも先日十櫛から聞いたゆえ、すこしその話をしようかと思ってな。だが……お前はそれほど、気に病んでいるわけでもないのだな」

安心したというか、なんというか。

鮎名は笑いを漏らす。つられたように二藍も口元を緩めた。

「無論驚きましたし、心に刺さりもしましたよ。ですが、『的』が神と化せばその国が滅ぶのはなんら変わりませんし……それに、しっくりとくるところもありましたから」

十櫛が語った真実は、二藍をしばし絶句させた。二藍の恐ろしいさだめには、また一段と受けいれがたい事実が隠されていたのだ。

それでいて納得もしたのだった。玉盤神をめぐる理を鑑みれば、むしろそうあるべきだ。それでこそすべてがすとんと収まり、この忌々しい理が長く続いてきたのだ、と。

「真実が少々変わろうと、わたしの心に変わりはありません。どちらにせよわたしが神と化せばこの国は滅ぶ。であればわたしはなんとしてでも、人であり続けねばならない」

その決意が深くなりこそすれ、逃げだそうとは思わなかった。二藍の救いはもはや、死にも神と化すことにもないのだ。

「それを聞いて安心したよ。お前がことさら気に病んでいたらどうしようかと」

鮎名が心底胸をなでおろしているのがわかって、二藍は苦く笑った。

「十櫛王子には感謝しておりますよ。もしはじめからすべてを明かされていたら、耐えられなかったかもしれません」

十櫛が懸念したとおり、二藍は己に降りかかったさだめの重さに耐えられず、そればかりか玉盤神の理の美しさに囚われて、なにもかもを投げだしてしまったかもしれない。

そう考えると、十櫛はなんとも正しい判断をしたのだろう。ここまでならば二藍は耐えられる、羅覇にも違和感を抱かせない。そのぎりぎりを狙って羅覇に心術をかけ、真実を隠したのだから。

「もろもろが収まった暁には、十櫛王子を重用すべきです。屋敷に閉じこめておくには惜しいですし、なにより危険に過ぎる。我らと八杷島の橋渡しとしてしっかりと働いてもらったほうが、みなのためになりましょう」

「まったくだな。大君にお伝え申しておこう。十櫛も喜ぶだろうよ」

笑って鮎名は立ちあがった。

「もうお帰りですか」

「予定がつまっているのでな。お前だって、その十櫛とこれから会うと聞いた」

「そのつもりです」

「とうとう、人となる術がどのようなものかを尋ねるのだな」

　二藍は微笑を浮かべた。「ええ」

「だが……十櫛は先日、後日あらためてと申したそうじゃないか。『的』の真実と人になる術、同時には明かさなかった。その意味するところは悟っているだろう？」

「……ええ」

　もちろん承知している。よい知らせならば、勿体ぶらずにさっさと話せばよかったのだ。そうしなかったのは、『人となれる方法』なるものは、けっして手放しで受けいれられるものではないからだ。

「それでも聞くか」

「無論です」

　浮かない顔の鮎名に、二藍はきっぱりと告げた。

「人となる術を見つけて、いつかはともに歩む。そう綾芽と約束いたしました。あの娘が身を張って切り拓いたからこそ辿りついた答えを、知らずにおれるわけがありません」

　綾芽はけっして揺らがなかったのだ。那緒を送った石塔の前で、二藍を人にしたいと口にしたあの日から、希望をまっすぐに追いかけてきた。

そうして辿りついたのだから、二藍はそれがどんな方法であれ、知らなければならない。摑み取らねばならない。人にならねばならない。

身を切り刻まれようと、困難が覆い被さってこようと諦めるつもりはなかった。どれだけ刻がかかろうと手に入れてみせる。苦痛も悲嘆も絶望も、いくらだって味わってきた。今さらいくらか増えたところで痛くも痒くもない。まことの幸せに続いている試練ならばなおさらだ。

「それもそうだな」

と鮎名は、二藍にものやわらかな声を向けた。

「とはいえ、なにも無理をして人にならずともよいのだぞ。お前が『的』であろうと神ゆらぎであろうと、我らがお前とともに生きてゆくには変わりない。子など生せずともよい。綾芽と添い遂げればよい」

「なにを仰る」と二藍は笑い飛ばす。「わたしは人になれねば嫌ですよ。どれほど我慢を重ねているのか、疎いあなたにもさすがにおわかりでしょう」

「わたしが言いたいのはそういう話ではなくてだな」

と呆れかけた鮎名は、二藍の静かな微笑みに気がついて眉尻をさげた。

「もちろんお前が人になれれば、それが一番よいと思っているよ。わたしや大君だけじゃない、いまやお前の望みを知る者みなが――お前が思う以上にみなみなが、お前が人として生きられるよう心から願っている。祈っている。だから、よい知らせを待っている」

鮎名はそう言うと、二藍に背を向け歩きだした。

二藍は黙って深く頭をさげ、その後ろ姿を見送る。

そのまましばし、春の風に吹かれていた。

やがて十櫛が参じたとの声がかかる。二藍は母屋(もや)に戻り、八杷島の王子の訪いを待った。

十櫛は変わらず人なつこい表情を浮かべてやってきた。しかし御簾(みす)越しに相対(あいたい)するや、どこか憂いを帯びた声音で問いかけてくる。

「殿下、お気持ちにお変わりはございませんね」

「無論です。まさか人になる術など存在しないなどという、つまらぬ話をされようとしているのではないのでしょう?」

「ええ。神ゆらぎが神気を失い人になる、その方法は確かにございます。古(いにしえ)の玉盤大島にも、かの技を用いて神ゆらぎの身を脱した者はおりました」

そうか、と二藍はまずは胸をなでおろした。方法はあるのだ。確かにある。綾芽の努力は無駄ではなかった。

それでいて不安が兆す。十櫛の口ぶりは重い。古の神ゆらぎはいったいどんな方法で神気を払ったというのか。

「どうか話していただきたい。どのような術であろうと、心は定まっております」

「……承知いたしました」

十櫛は穏やかに答えて、膝の上に置いた手を握りなおした。

そのまま長く黙っていた。

二藍はふいに、十櫛がなにをためらっているのかわかった気がした。それでも気づかなかったふりをして促す。

「その方法を用いると、わたしは苦しみ、我が身のなにかを失うのですか?」

そうなったとしても構わなかった。この身のどこかを失おうと苦にもならない。もし綾芽と過ごしたいっさいの記憶が消えるとしても、挑む価値はあると思っていた。なにもかもを忘れても、二藍は必ず再び綾芽を恋う。願望ではなく、確信だ。

だが十櫛は、「いえ」と目を伏せるばかりだった。

「殿下はなにも失われません。これはいたって素朴な方法で、殿下が失うのはただ神気のみ。……いや、違うな」

と口をつぐむ。なにが違うのだろう。なにを失うというのだろう。

二藍は手元に目を落とした。当たらねばよいと思った予感が冷たく膨らんでゆく。だが問わねばならない。二藍自身が決着をつけねばならないのだ。

顔をあげて、もうひとたび尋ねた。

「十櫛王子、その方法とはもしや――わたしのもっとも大切なものを犠牲にしなければならぬのではありませんか」

「……であるとしたら、殿下はいかがなされます」

十櫛の目は答えを告げているようなものだったが、言葉の上では問いかけている。だから二藍ははっきりと答えた。あるかなしかの笑みをもって告げた。

「答えなど、決まっておりますよ」

第三章　白き島にて相まみえる

　兜坂国を出るまであれほど苦労したというのに、帆をあげ風に乗った船が八杷島の影を捉えるまでには二日とかからなかった。

「我らが祖国が見えたぞ！」

　水手の誰かが八杷島の言葉で叫んだらしい。甲板にいた者が一斉に歓声をあげるのを耳にして、室で休んでいた綾芽と羅覇も外へ出た。

「……なにも見えないな」

　綾芽は目をこらしたが、男たちが指差す方向には、霞んだ白い雲が広がるばかりである。

「海で働く者は目がいいから」と羅覇は身を翻した。「とにかくすぐに着くわ。荷の整理をして、おりる準備をしましょう」

　室の入り口に控えていた夕栄にも声をかける。

「先だって伝えたとおり、わたしたちは本島にはゆかないし、王の御前にも参らない。祭祀島でおろす準備をしておいて」

「わたしも同行いたしましょうか」

「いいえ、ふたりでゆくわ。あなたは船の者が余計なことを話さないよう目を光らせて、港で待っていて。悲願を果たせばすぐに、綾芽を兜坂に送ってもらうつもりだから」

「承知いたしました」

「といっても十日はかかるでしょうから、港に家族を呼びよせてしばらくゆっくりと過ごすとよいわ。大きくなった息子を両の目で愛しんでみたいでしょう?」

　にこりと羅覇が付け足すと、表情に乏しい夕栄の目に、困惑のような照れのような、なんともいえない色が浮かんだ。

「お嬢も仰るようになったものだ」

「でしょう?　とにかく頼んだわ。くれぐれも綾芽の秘密は――」

「命に代えても、誰にも話しません。あなたの一族のどなたにも、我が身内にも。赤子のころからお仕えする主の厳命ですから」

　羅覇はうなずくと、室のうちへ綾芽を促した。

「なあ羅覇、本島にも王の御前にも参らないって、なぜなんだ」

　戸がしまるやいなや綾芽は尋ねた。

八杷島という国は、いくつかの小さな島が集まってできている。民の多くが住まう最大の島で、黍や少々の稲、家畜を育てているのは東島。中央に小高い山を持ち、王や貴族、祭官らが住まうのが本島。そしてその本島からやや西に離れたところに祭祀島と呼ばれるこぢんまりとした珊瑚の骨の島があり、祭祀にのみ用いられている。

羅覇はその、祭祀の島に直接乗りこもうと考えているらしい。

「わたしたちが鹿青さまを隠しているのはね、祭祀島の北の端に突きだした、百合岬っていう岬の地下に掘られた岩窟なのよ。骨宮というの。そこで鹿青さまの心術を解いてもらったら、そのままあなたを兜坂に送り返す。そういう計画よ」

「本島にいる祭王にご挨拶しなくていいのか。わたしは大君から、祭王へのお言づてを預かってきたんだ」

「無礼は承知だけど、祭王へのお言づては、お心を取りもどされた鹿青さまにお伝えしてほしいの」

「……祭王には、わたしたちの同盟は知られないほうがいいのか？」

八杷島と兜坂が結ぶとは、あくまで兜坂の大君と、八杷島の王子たる十櫛のあいだの取り決めだ。羅覇は、祭王は許さないかもしれないと考えているのだろうか。

「いいえ、祭王はお喜びになると思う。聡明な御方だもの。わたしたちを陥れた玉央と、鹿青さまをお救いくださると仰せの大君ならば、大君を歓迎なさるに決まっているわ」

「じゃあどうして黙っているんだ」

「祭王じゃなくて、祭王の周りに侍る人々にあなたのことを秘密にしておきたいのよ」

「玉央派に妨害されるかもしれないからか」

「そんなところね」

　言いながら羅覇は櫃から新しい衣を取りだした。そこへ十櫛からの姉太子への贈り物などを包みこみ、小さく丸めて固く紐で縛る。綾芽も同じようにして、羅覇に借りた八杷島の衣に、水に濡れると困るいくつかの品を包んだ。大君より八杷島への友好の品として預けられた美しい玉や漆の櫛。それに、二藍が贈ってくれた短刀。

　準備が終わると、羅覇はつま先立ちで格子窓の外を見た。

「さあ、近づいてきたわ。荷物を背にくくりつけて」

　みるみるうちに島影は濃くなった。右手には平べったい小さな島が、その向こうに形のよい山を抱いた島がある。それぞれ祭祀島と本島だろう。東島は本島の陰に隠れ、こちらからは窺えないようだった。

　祭祀島がいよいよ近づいてくると、羅覇は今一度船の者に、祭官として言葉を贈った。八杷島の言葉なので正確な意味は知れなかったが、八杷島はもはや安泰である。これよりかった。
その旨を鹿青王太子にお伝えすれば、そのお心も救われるだろう、といった類いの話らし

いまや祖国を裏切ったことになっている綾芽は黙って耳を傾けていたが、相変わらずみなに呼びかける羅覇は堂々たるものだった。だからこそかえって、その裏で羅覇がひとりでどれだけ苦しい思いをしてきたのかとふと考えてしまった。

小舟がおろされ、綾芽と羅覇はそちらに移った。まだ春のさわりだというのに八杷島の海は抜けるように青く、風もぬるい。まるで初夏のようだ。

羅覇は船べりで背を伸ばし、祭祀島を一心に見つめている。切ってしまった肩までの髪が風に揺れる。かわいらしい横顔には、かつての類い希なる美貌であったころの羅覇よりも数段美しいと思わせる気高さが浮かんでいた。必ず主を救うのだという決意が。

「羅覇」と綾芽は呼びかけた。

「なに」

「わたし、絶対にあなたの主をお救いするよ。だから心配しないでくれ」

「別に心配してないけど」

羅覇はこちらに顔を向けずにつぶやいて、それからごまかすように目元に手をやった。

浅瀬で船はとまり、ふたりは水の中を歩いて浜へ向かった。

「海がぬるいな。もう夏みたいだ」

「八杷島の夏はこんなものじゃないわ。今日はたまたま晴れてるけれど、春先は雷雨も多いから、水もそこまで温くはないし」

これが温くないなんて、夏は湯にでもなっているんじゃないだろうか。そんなことを思いながら、綾芽はあまりに眩しい海の青と、海よりなにより輝く浜の白に目を細めた。

「すべて珊瑚の骨なのよ」と羅覇は、浜辺をぐるりと見渡す。

「この島はどこもかしこも珊瑚の骨でできているの。古の命の証たる骨の上に国をつくり、繁栄しているってことが、わたしたち八杷島の誇りなのよ」

「なんとなくわかるよ」

綾芽は故郷、朱野の邦に思いを馳せる。朱野の人々にとって、朱之宮の眠る地に生きることは誇りだ。すこし似ている気がする。

日は南天を過ぎた頃合いだった。足の裏に硬い珊瑚の骨を感じる。浜には数人、兵士らしき者がいた。祭祀島の訪問を許されているのは、王族と、王に仕える祭官の一族のみだという。それで兵士らは得体の知れない綾芽たちを咎めだてしようと近づいてきたが、片方が羅覇だと認めるや、驚いた様子で片膝を折った。

羅覇は兵士に短く言い置いて、浜の奥、濃い緑の藪に分けいる細い路へと向かった。足どりに迷いはない。綾芽はきょろきょろとしながらついていく。絡み合う蔦や大きな葉が頭上から落ちかかる。がさがさと音がするからなにかと思えば、子犬ほどもある蟹が鋏を振りかざし、茂みを闊歩していた。綾芽はぎょっとしたのだが、羅覇は慣れたものなのか、蟹が眼前を横切っても一顧だにしない。

そのうちに、珊瑚の骨の石を積みあげた灰色の塀が現れた。塀の中央には見慣れぬ様式の朱門がある。その門に、羅覇は意を決したように近づいた。

「このさきは神域よ。あなたがたの斎庭と同じ、神を招くための場」

とそのとき、朱門から青い紗の神官装束に身を包んだ壮年の男が飛びだしてきた。

「羅覇!」

「……叔父さま」

羅覇は驚いたように立ちどまった。叔父と呼ばれた男は、羅覇の前まで息せき切って駆けてくる。

「どうしたのです叔父さま、驚きました。ただいま館にお伺いするところでしたのに」

「驚いたのはわたしのほうだ、羅覇」

男は、肩で息をしながら額に手を当てた。

「なぜ急に戻ってきた。使命を果たし、号令神は兜坂を滅ぼすと定まったのか?」

「ええ、ご安心くださいませ」

　羅覇は船の者に言ったのと同じく、二藍が神と化し号令神の落ちさきが定まったから、吉報を一刻もはやく鹿青に伝えるべく帰国したのだと八杷島の言葉で告げたようだった。

　この羅覇の叔父は太全という名で、祭祀島を守る祭官だと綾芽は聞いていた。父母亡き今、羅覇にとってもっとも親しい存在で、祭官としての恩師でもあるという。

　その太全を、羅覇は船の者たちと同じように騙そうとしている。

　太全は額に手を添えたまま、じっと羅覇の言葉に耳を傾けていた。すべてを聞き終わるとその四角い額をゆっくりと撫で、思慮深さのはっきりと表れた目を姪へ向けた。

「――鹿青さまにお伝えしたくて戻ってきたと、お前はそう申すのだな」

　まことなのか。太全はそう言いたげだった。内心疑念を抱いているのが伝わってきて、綾芽も羅覇も息をつめた。夕栄と同じだ。羅覇が操られて、兜坂の手駒と化して戻ってきたのではないかと疑っている。

　だが太全はあからさまには問わずに、瞳を綾芽に向けた。

「そちらの女人は？」

「斎庭の女官だった者です。運命をともにしたいと申すので連れてまいりました」

「兜坂を裏切ってお前についてきたのか」

「ええ」

「それにしては、強き目を持つ娘なことだ」

太全は綾芽の顔を覗きこんだ。綾芽は思わずのけぞりそうになって我慢する。しかし目を逸らしたほうがよかったのかもしれないと気がついたのは、ふいに太全の双眸が緩み、ほう、と息が漏れたときだった。

太全はなにも言わない。だが綾芽は悟った。

――気がついたのだ。

この男は、綾芽が何者かを悟った。羅覇が本当はなんのために戻ってきたのかも、これからなにをしようとしているのかも見通した。

それでもやはり太全は黙っていた。ただ黙って、叔父に嘘が見破られないかと身を固くしている羅覇へ、紅色の珊瑚でできた鍵のようなものを手渡した。

そして綾芽にもわかるように兜坂の言葉で告げた。

「よくぞ成し遂げた、羅覇。一族の誰がなんと言おうと信じていた。お前を見いだした鹿青さまの目はやはり確かだったのだな。鹿青さまにお会いして、吉報をお告げするのを無論とめはしない。あの御方を眠りから解き放ち、心よりの言葉を伝えるがよい」

「まことですか叔父さま！　ありがとう存じます――」

「だが気をつけよ」

　と太全は眉間に皺を寄せ、声をひそめた。

「お前が戻ってきたとは誰にも知られてはならぬ。わたし以外の一族の誰にも姿を見せず、その女人だけを伴って、疾く鹿青さまのもとに参じよ。よいな」

「なぜです」

　戸惑う羅覇に、太全はますます低い声で告げる。

「隠来が戻ってきている。あの者に、お前の帰島はけっして知られてはならない」

「……隠来が」

　羅覇の表情に緊張が走り、すぐに怒りが滲みだした。

「あの男は鹿青さまを陥れ、心術の罠に嵌め、そのうえ卑劣にも身代わりを立てて、素知らぬ顔で我が国を出ていったではありませんか！」

「それが、先年ふらりと戻ってきたのだ。お前の兜坂への企てが図らずも長引いていたゆえかもしれぬ」

「わたしが兜坂を破滅させられなかったとき、すみやかに八杷島を滅国させようと戻ってきたのというのですか？　どうあっても玉央だけは滅国から逃れられるように」

「そうだろう。隠来は、玉央だけは滅びぬよう用意周到に立ち回っている。くれぐれも気を抜くな。あの男の底恐ろしさはよく知っているはずだ。すこしでも疑いを抱けば、あの男は鹿青さまをお隠しした骨宮に強引に踏みいり、あの方を即刻破滅させるだろう」

　羅覇は口を引き結んだ。隠来なる玉央の神ゆらぎにこれから為(な)すことを知られれば、即刻綾芽と羅覇は殺され、鹿青は破滅させられてしまう。

「わかりました。隠来に気づかれぬよう立ち回ります。ですが隠来は、そこの祭官の館に逗留(とうりゅう)しているのでしょう？　小さな島です、わたしが帰ってきたとすぐに気づかれてしまうかもしれません」

「案ずるな。お前はなにも恐れず、ただ鹿青さまのもとに至ればよい。あとはわたしが引き受けよう。けっしてあの男に邪魔はさせぬゆえ、心安くしてゆくがよい」

　やさしくも決意に満ちた声に、はたとしたように羅覇は目をみはった。ここに至って羅覇も、この賢き叔父にして師が真実を見抜いていると気がついたのだ。

「……叔父さま、わたしはなんと申しあげればよいのか」

「またあとでゆっくりと聞こう。お前の得た百合が見事咲いたのちにな。今は、さあ、疾くゆけ」

　太全は目尻に皺を寄せて促した。羅覇はまだなにか言いたそうだったが、最後には唇を強く結んで走りだす。

「ゆきましょう、綾芽」

綾芽もうなずき続いた。背後から、「お願い申しあげます、綾芽どの」と静かな声が聞こえた気がした。

朱門をくぐり、島の内側へ入ってゆく。門からは石畳の路が続いていたが、羅覇は素直にそちらには向かわず、路を両側から覆うように生い茂る緑の中へ分けいった。男の腕くらいある蔦が絡み合う藪のうちを、衣がひきつれるのも構わず、ひっかき傷が増えることさえ気にせずに、ただ衣の包みだけを胸に抱いてがむしゃらに進んでいく。

綾芽は見かねて羅覇の腕をとった。

「そんな進み方じゃあ傷だらけになって、鹿青さまを驚かせてしまうよ。わたしが先導する。どちらに行きたいんだ」

見知らぬ土地とはいえ、こういう場所を抜けるには、綾芽に一日の長がある。

「北よ」と羅覇は息を切らした。「北の端に長く突きでた岬があって、その先端に鹿青さまはいらっしゃるの」

「わかった、ついてきて」

枝を払い、蔓を跨ぎ、むせかえるような緑をかきわける。汗が噴きでた。緑の合間からさしこむ陽の光に背中が燃えるようだ。

しばらくゆくと、急に視界がひらけた。

北から恐ろしく強い風が吹きつけている。木々も草も地にひれ伏し、這いつくばっている。ごうごうと風の渡る音が耳を切る。

風が駆けくだってくるのは、背丈の低い緑に覆われた、ゆるやかな斜面だった。中央には白糸のごとき路が緑を分かち北へ延びている。

岬のさきへ向かう路だ。

振り返ると、羅覇は黙ってうなずいた。このさきに鹿青はいる。綾芽は腕を前にかざし顔を守り、風に逆らうように一歩一歩と踏みだした。

進むにつれて岬は尖り、斜面の幅は狭くなる。両端は、眩しい海に切れ落ちている。緑青色にきらめく珊瑚の海には、白の巨岩がごろごろと転がっている。

その海の青と巨岩の白に重なるように、岬を覆う草の青のうちにもぽつりぽつりと白いものが増えてきた。

百合だ。

見たこともない大輪の白百合が、風の中で乱れ咲いている。揺れては陽の光を照り返す。

進むほどに白は増してゆき、岬の先端に至るころには、あたりは一面百合の花だった。

綾芽は花の中に立ちつくし、あまりの美しさに息をするのも忘れた。

「鹿青さまのところにゆくわ。衣を調(ととの)えて」

そんな綾芽を、羅覇は風よけの巨岩の裏に引っ張った。持参した包みを解いて、裾(すそ)が引きずるほどに長い祭官装束に着替えてゆく。綾芽も急いで衣を羽織った。足さばきのよく、軽くて薄い八杷島の衣だ。帯には短刀を固く結いつけて、いつでも抜けるように何度か試す。短刀の鞘(さや)から二藍との絆(きずな)の証(あかし)たる笄子(かんざし)を抜きとって、羅覇が結ってくれた髪に力を入れて挿(さ)しいれた。

支度が終わると、羅覇は目をとじた。小さく息を吐きだし、軽く頬を叩いて前を向く。

「ゆきましょう」

岬の路の行きどまりには、祭祀のための立派な御殿がある。だが羅覇は目もくれず、さらに岬の先端、海に向かって垂直に落ちていく崖の前まで足を運んだ。そろりと崖を覗きこんだ綾芽は驚いた。崖の縁(へり)には階(きざはし)が彫ってあって、下におりられるようになっている。

「このさきが、鹿青さまがいらっしゃるという骨宮か」

「ええ」

早足でおりていく羅覇に、綾芽も続いた。風があまりにも吹き荒れているから海に落ちてしまうのではと心配になったが、すぐに階は崖に穿(うが)たれた海蝕洞(かいしょくどう)へと続いていき、ぱたりとあたりは静かになった。冷たく湿った灰白色の壁が、光にきらめいている。洞穴(どうけつ)は下のほうで海と繋がっていて、水面の光が届いているのだ。

しかしきらめきはいつしか遠ざかっていった。耳に響いていた波の音も消えて、綾芽と羅覇の足音だけが、暗い珊瑚の骨の洞窟に満ちる。綾芽は壁に手をつき、ひやりとざらつく感触を頼りに歩を進めていった。

遠くに揺れる灯が見えた。松明の火だ。左右にひとつずつ、巨大な蛇の姿を彫った白の扉を照らしている。

その扉の前で、とうとう羅覇は立ちどまった。このさきにこそ目的の地はある。

羅覇は扉を守る大きな錠に珊瑚の鍵をさしいれ、祭文らしきものを唱えた。

しばしあって硬い音が響き、錠はひとりでに外れた。ふたりがかりで重い扉を押し開けそろりと踏みいると、中は四角い室となっていた。八杷島の神々の姿が左右の壁いっぱいに彫られて、松明の火が陰影を刻んでいる。海神や嵐の神、海蛇、方角の神、星々の神。奥の壁には神々の姿はなく、岩壁を四角くくりぬいた、祭壇とも棺ともつかぬ窪みがあった。色鮮やかな青色の織物が敷かれ、女が横たわっている。長くうねる髪が敷物に広がる。両の瞳には布が巻かれて、胸の上で手を組んでいる。

骸のように痩せ衰えているが、かすかに胸が上下する。生きている。

その女に、羅覇は脇目も振らずに走り寄った。

「鹿青さま！」

膝をつき、骨ばった手に両手を重ねてすがりつく。

「わたくしです、羅覇でございます。とうとう戻ってまいりました、あなたさまをお救いするために、戻ってきたのです！」

羅覇は肩を震わせ嘆いている。その背中を、綾芽は胸揺さぶられる思いで見つめた。

鹿青は長いあいだ、神気を払われては深い眠りに落とされるのくりかえしだった。心術に操られた心が絶望に陥らないように、神と化して国を滅ぼさないように、人としてのすべてを奪われ眠り続けてきた。

どれほど痩せ衰えようと、『的』となった神ゆらぎは死なない。死ねない。まさに生きる屍だ。そんなふうにしか大切なひとを守れない悲しみは、どれほどのものだろう。

綾芽には、誰よりその気持ちがわかる。

だからこそ、意を決して羅覇の肩に手をかけた。

「羅覇、鹿青さまをお救いしよう」

今は嘆くときではない。羅覇は泣くために戻ってきたのではないのだ。

「……そうね」

唇を噛みしめ、袖で目元を拭って羅覇は顔をあげる。「鹿青さまにお目覚めいただくわ。

目を覚まされたら、あなたはその両手をとって、心術を払ってさしあげて」

「わかった」

「鹿青さまのお心は心術に囚われているの。だから今の鹿青さまは、まことの鹿青さまじゃない。あなたにとてつもなくひどいことを仰るかもしれないけれど、それは御本心でもなんでもない。どうか腹を立てないでほしいの」

「大丈夫だよ。朗らかでおやさしい方だって聞いてるし、そのとおりだと思ってる」

綾芽は人々の話の中でしか鹿青を知らないが、それでも充分だ。鹿青は、自信をなくしていた羅覇を祭官に取り立てることのできる、見る目があるひとだ。幼くして祖国を離れねばならなかった十櫛を気にかけつづける、情あるひとだ。

なにより、孤独だった二藍の支えであったひとだ。

二藍は、幾度も文をやりとりしたと言っていた。神ゆらぎが疎まれる国に生まれた二藍にとって、同じ神ゆらぎでありながら王太子として立派に役目を果たす鹿青の存在は、どれだけ救いだっただろう。

「早くわたしも、お心を取りもどされた鹿青さまとお話ししてみたいよ」

わたしの大切なひとの慰めになってくれて、感謝していると伝えたい。

羅覇は目を伏せ、「ありがとう」とつぶやいた。羅覇がまた泣いてしまう気がしたので、綾芽は急いで言った。

「わたしも今のうちに訊いておきたいことがあるんだ」

「なに？」

「鹿青さまは『白羽の矢』を持っていらっしゃると聞いたけれど、これのことだな」

横たわる鹿青の首筋には、みみず腫れに似た痕が走っている。

「ええ」と羅覇は、そっと鹿青の衣をずらした。痕は左肩の鎖骨の上までまっすぐ伸びて、矢じりのような形で途切れている。まるで肩口に、一本の矢が刺さっているかのようだ。

「これが白羽の矢よ。各国に現れる号令神の『的』のうち、もっとも神に近くなってしまった者が持たされるもの。誰より祖国を滅ぼしかけていることを示すもの。……わたしのせいで、鹿青さまは――」

痛ましげにつぶやく羅覇を、綾芽は強く制した。

「滅ぼさないよ」

けっして滅ぼさせない。鹿青にも、二藍にも、そんなむごいさだめは背負わせない。

「滅ぼさないように、わたしたちでなんとかするんだ、そうだろう？」

そうね、と羅覇は動かぬ鹿青の頬を撫でる。次の瞬間にはきりりと顔を引き締めた。

「それじゃあ始めるわ。用意はいい？」

綾芽は深くうなずいた。

「任せてくれ」

朝靄を思わせる白い煙と清涼な香りが、小さな香炉から流れてくる。羅覇はそれを、鹿青の顔の上に両手で掲げた。

鼻先で二度三度と円を描くうちに白い煙が波うって、鹿青の口元がぴくりと動く。

「鹿青さま」

羅覇は香炉を置いて、鹿青の肩を叩いた。「お目覚めくださいませ」

ぐったりと横たわっていた身体が揺れる。瞳は布に隠されて窺えないものの、確かに鹿青は目を覚ましたようだった。

「その声は——まさか、羅覇か？」

形良い唇から、掠れた声が漏れる。羅覇は飛びつくように鹿青の手を握りしめた。

「そうです、羅覇でございます！　とうとう道を得て、おそばに戻ってまいりました。あなたさまはお心を取りもどされる。今までどおりこの国の海の青さを、百合の白さを愛で、民を慈しみ、健やかに生きてゆかれるのです」

羅覇の目に喜びが満ちる。とうとう主を救える喜びだ。

しかし、

「まだ人として生きよと申すのか」

鹿青の口からこぼれた声には、深い落胆が滲んでいた。

「そうして、誰ぞが神と化すまで終わらぬ『的』の苦しみに、一生耐え続けろと強いるのか。お前はわたしを救ってくれぬのか。この孤独を終わらせてはくれぬのか」

「終わらせます！　わたしが一生、心からお支えいたします、お慕い申しあげます」

「しょせんは口ばかりであろう。『的』が神と化せば国が滅ぶ。だから国のため、わたしを支えねばと思っているだけだ。祭官の役目を果たしているだけだ」

「鹿青さま、まさか、違います」

「違うというのなら」

鹿青は身を起こし、羅覇の両肩を押さえる。布に覆われた顔を近づけ、生気のない声で詰め寄った。

「もしお前がわたしを、まことに、心より慕っているというのなら——なぜお前はわたしの望みを叶えてくれない？」

羅覇は目を見開いた。噛んだ唇のあいだから、動揺があふれだしてゆく。

「羅覇よ。わたしが望むのは永遠の安寧だ。ただそれだけだ。もう疲れた、終わりにしたい。いや、救われたい。号令神という名の揺るがぬ理に」

「なにを……なにを仰るのです。理不尽な理が御身をお救いするわけはありません。玉盤神は滅びを強いているだけ。だからこそ、どの国も必死で抗っているのでしょう」

「抗ったところで人の身ごときに神が退けられるのか？　できぬだろうに。ならば誰ぞが滅びを受けいれるしかない。神と化すさだめを受けいれ、祖国を滅すしかない」

「それが鹿青さまと八杷島である必要はございません」

「なるほど」

　鹿青の声が冷たく凍てついた。「それでお前は二藍殿下を陥れたのか。あの方にすべてをなすりつけようとしたのか。そんな暴虐、わたしがすこしも望んでいないとも知らず」

　声を失った羅覇に、鹿青はさらに言葉を叩きつける。

「あの御方はおやさしい方だったよ。わたしのように国のために力を振るえる神ゆらぎになりたいと、もったいないお言葉をくださった。兜坂の珍しい文物や、凍える冬の雪景色、北から南から、さまざまな邦のそれぞれの彩りを、まるで本物の友に伝えるようにしたためてくださった。そんな二藍殿下を――己の恐ろしいさだめなどなにも知らずにいたあの方を、お前は手ひどく追いつめたのだろう？　愚かなわたしにさだめを負わせぬため、この国の運命を、哀れで無知なる兜坂に押しつけるため」

「鹿青さま、違うのです、それはもう――」

「そんなふるまい、わたしは望んでいなかった。我が身かわいさに誰かを陥れるならば、この身が滅びればよいだけだ。なぜ邪魔をする。神になりたいのだ。他国を陥れたくない。誰にもこの至高の使命を奪われたくない。無為に生き延び変わらぬ営みを続けるよりも、我が国の滅びが、新たな時代を招く狼煙となるほうがよほどよいと――」

「よくなどございません！」

とうとう羅覇は、怒りの形相で遮った。主の両肩を摑み、無理やりに揺さぶった。

「鹿青さま、今のあなたさまとお話ししても埒が明きません。我らが国の行く末については、お心が安らいだのちにじっくり語り合いましょう」

「羅覇よ――」

「鹿青さま、わたくしは確かに二藍殿下を陥れようとしました」

羅覇は主を睨みすえたまま、兜坂の言葉で言い放った。

「しかしわたくしとて、いつまでも愚かなままではございません。なにもできぬ娘ではございません。多くを学んで戻ってきたのですよ。今この場には、その二藍殿下の妃たる御方がおいでです。鹿青さまを心術から解き放ってさしあげられる希有なる力をもった、物申である兜坂の春宮妃殿下が」

初めて鹿青は、動揺を声に表した。「物中だと？　そのような者がまさか、まことに今この世に……この場にいると？」

すかさず綾芽は膝をつき、戸惑う鹿青の両手を握りしめる。

「鹿青さま、お初にお目にかかります。わたくし綾芽がその物中でございます。兜坂の大君の命を受け、あなたさまの心術をお解きするため、ここ八杷島まではるばる渡ってまいりました」

「妃？　……物中？」

「そんな……いや、いらぬ」

鹿青はいやいやと首を振って、綾芽の手を振りはらおうとした。

「やめてくれ、耐えられないのだ。このまま神と化すのがみなの幸せだ。我が安寧だ」

「そのお言葉は鹿青さまご自身のものではありません。心術が言わせた世迷い言です」

綾芽は両手に力を入れる。心術で絶望を強いられているこの状況で、鹿青を説得しようとしても無駄だ。早く心術を解いてしまわねば。

だが鹿青に絡みついているのは、想像以上に厄介な神気だった。二藍のものより強く、十櫛のものよりこなれている。手強くて刃が立たない。

息を吸っては吐いて集中しようとした。汗が噴きでる。だめだ、鹿青と目を合わせずにはとても破れそうにない。鹿青の瞳を覆った布を、取り去らなくては。

「羅覇、鹿青さまの瞳を見せてほしい」

口早に頼めば、羅覇は一瞬身を強ばらせた。しかしすぐに「わかった」と、鹿青の瞳を隠した厚い布を勢いよく取り払った。

隠されていた、鹿青の双眸が現れる。

十櫛のそれによく似た、やわらかな凪の海色——ではない。

常軌を逸して見開かれた、血のように赤い、人ならざるものの瞳。

それが瞬きもせずに綾芽を見据えていた。

綾芽が身構えたのと同時、鹿青の唇が動く。

「その手を放せ、女」

身体を悪寒が駆け抜けた。

心術だ。鹿青は、心術で綾芽を従わせようとしている。

だが綾芽は負けじと見つめ返して、かえって強く鹿青の両手を握りしめた。

「わたしは物申だと申しあげました、鹿青さま。ゆえにわたしに心術は効きません。いかにあなたが神気のいと濃き神ゆらぎであらせられようと、白羽の矢をお持ちの『的』であろうと、けっして我が心に心術は通りません」

鹿青の唇が歪む。ひどく動揺しているように見えた。綾芽は声をやわらげ、励まそうと笑みをつくる。

「ですからご安心ください、わたしがあなたさまを心術から解き放ちます。長き悪夢は終わるのです。どうかわたしをお信じになって――」

「羅覇、この者を殺せ」

冷たい命が白の岩窟に響いた。瞳孔のひらききった赤眼は綾芽ではなく、羅覇をひたと凝視している。

己の祭官を操ろうとしている。

「……できません」

羅覇の喉から、か細い声が絞りだされた。

「鹿青さま、どうか――」

「この者を殺せ、我が祭官よ」

鹿青は厳しくくりかえした。

「お前がまことにわたしを思うならば、証をたてよ。この物申を殺して、揺らぐ行く末をひとつに定めてみせよ」

背後で、羅覇の身体がふらりとかしいだのがわかった。

綾芽はとっさに鹿青の手を放し、這いつくばるように身を伏せた。その頭のすぐ上を、鋭い光がひゅっと音を立てて通り過ぎる。

羅覇が両手に握りしめた短刀の、刃のさきだ。

そう悟るや綾芽はすぐさま両手で地を押しやり、跳ねるように立ちあがった。そこへ間髪を容れずに羅覇が短刀を突きこんでくる。長い祭官の衣を引きずり、滅茶苦茶に腕を振るってくる。哀れな王太子は、自分を救おうと戻ってきた祭官に綾芽を殺させようとしているのだ。自らの手で希望を断てと命じている。

させるものか。

綾芽は奥歯を噛みしめ、顎を引いた。勢いよく迫ってきた切っ先をすんでのところで避けると数歩大きく後じさる。すぐに羅覇は、刃を振りかぶり追いすがってきた。その身は完全に心術に従っている。

だがそれでいて、羅覇の唇は絞りだす。

「綾芽、やっぱりわたしじゃ拒めないみたい。どうにか避けて！」

言葉と同時に胸元めがけて振りおろされた切っ先を、綾芽は間一髪で躱した。息はあがるが安堵も交じる。

「大丈夫、拒めてないわけじゃないよ」

羅覇は抗っている。身体は心術に従おうとも、心は鹿青の命令を拒絶している。だから切っ先は鈍り、綾芽を捉えきれないのだ。

しかし、胸なでおろす綾芽とは裏腹に、己の命令を羅覇が拒んでいると悟った鹿青の絶望は膨れあがった。

「羅覇よ、なぜ抗う。わたしの願いを拒むのか。わたしを見捨てるのか」

「見捨てるわけがございません！　ですからどうか――」

「ならばその女を殺せ！」

重ねて命じられて、羅覇は奥歯を噛みしめた。その腕が意志を裏切って、綾芽めがけて鋭く振りおろされる。

のけぞる綾芽の眼前を刃先が走り、頬にぴりりと赤が散った。

だが綾芽はひるまなかった。少々切れたが痛くもない。身を低くして、羅覇を躱すや振り返る。刃を振りきった羅覇は体勢を崩していて、ちょうどそのときを狙って、祭官装束の長く床に引きずる裾を思いきり踏みつけた。

衣の裾に引っ張られ、羅覇の身体はたちまちかしぐ。そのまま硬い骨の床にしたたか肩を打ちつけ悲鳴をあげた。しかし綾芽は目もくれなかった。羅覇を飛び越え、迷わず鹿青のもとへと走る。

これでいい、はじめからこうするつもりだったのだ。

――きっと鹿青さまは、わたしにあなたを殺させようとするわ。

藪をかきわけ岬へ向かう道すがら、羅覇は言っていた。

――実はね、白羽の矢を持たされた者は、目の色が朱色に変じて、発した言葉のすべてが心術となってしまうのよ。

――すべてが？

――ええ、すべてが。だから鹿青さまの目を覆う布を取り去れば、その朱色の目と言葉にやられて、誰もが心術にかかってしまう。わたしでさえもね。今の鹿青さまがあなたを受けいれるとは思えないの。きっと排除しようとする。心術でわたしを操って、邪魔なあなたを殺しにかかる。

わたしを殺してくれていいわ、と羅覇はあっさり告げた。

――わたしが操られてあなたに刃を向けたら、ひと思いに返り討ちにしてくれていいから。そうすれば鹿青さまも操る相手がいなくなって、心術を解かれるしかなくなる。

あまりに軽い口調なので、綾芽はひどくむっとして言いかえした。

――死にたがりだな。悪いけど付き合うつもりはないよ。

羅覇が心のどこかで裁かれたいと願っているとはとっくに気がついている。だが願いを叶えてやるつもりなんてなかった。最後まで足掻くべきなのだ。この『的』と号令神をめぐる愚かな争いを終わらせるために身を捧げて、鹿青と二藍がそれぞれの幸せを手に入れた姿を見届けるべきだ。逃げを許す気は欠片もない。

——じゃあどうするのよ。あなたを殺すわけにはいかないのよ。

——わたしだって殺されるつもりはないよ。だからもしあなたに刃を向けられても、どうにかとめる。押し倒すなりなんなりして、ちょっと痛い思いをしてもらって。

——痛い思い？

——裾の長い衣を着ていてくれ。そうしたらなんとかするから。

——それでどうにかなるなら、いくらでもそうするけれど……。

あとは、と綾芽は付け加えた。

——なるべく心術に抗ってほしい。あなたが心を揺らがさず耐えてくれれば、切っ先は鈍る。誰も死なずにすむはずだ。

それなら任せて、と羅覇は迷いなく返した。

——わたしはもう揺らがないもの。

言葉どおり、羅覇は揺らがなかった。揺らがないとわかっていたからこそ、綾芽はこの賭けに出られたのだ。

倒れた羅覇を背に鹿青に走り寄る。見開いた朱の瞳からけっして目を逸らさず、その手をもう一度握りしめる。

「鹿青さま、悪夢は終わりにいたしましょう」

口の端に力を入れる。玉央の神ゆらぎの心術は、硬い胡桃の殻のように鹿青をとりまいている。全身全霊で割りにかかった。汗が流れる。腕が震える。跳ね返されそうになって、させじと綾芽は瞼を強くとじ合わせた。

負けるものか。引くものか。

手応えがあった。錯覚かと思うほどにかすかなものだったが、綾芽は逃すまいと奥歯を噛みしめる。転げていた羅覇が、背後で起きあがった気配がする。落ちた剣を拾う音がする。心術にかかった羅覇の身体は、再び綾芽に襲いかかろうとしている。

だが気を散らすな。今は心術にだけ心を傾けろ。

一心に願う。命じる。割れろ。いいから割れろ！

唐突に手応えが膨らんで、ぱきりとなにかが壊れる音が頭に響いた気がした。

綾芽は目をひらいた。

鹿青と視線がかち合う。

「……物申さま」

鹿青が呆然とつぶやいた。その瞳に初めて確かな意志の光を認めて、綾芽はふっと脱力して座りこんだ。

同時に、その背を羅覇の悲鳴がうつ。

「綾芽！　よけて！」

短剣が脳天めがけて振りおろされようとしているとわかっていても、綾芽はとっさに反応できなかった。振り返れば、青ざめた羅覇と鋭い切っ先が視界いっぱいに飛びこんでくる。ああだめだ、避けられない――

「羅覇、やめよ」

震える声が響き、羅覇の動きがぴたりととまった。

綾芽の額から、ほんの指一本さきに刃がある。あとわずかで綾芽を穿とうとしながら、刻がとまったように静止している。羅覇は身動きがとれなくなっているようだった。綾芽も羅覇もなにが起こったのかわからず視線を交わして、それから気づいた。

声の主は、鹿青だ。鹿青自身の意志が紡いだ心術が、羅覇を押しとどめた。

鹿青は自分を取りもどしたのだ。

肩で息をしていた鹿青は、羅覇の手が確かにとまったのを認めて細く息を吐いた。そして今度はもうすこし落ち着いた声で命じた。

「羅覇、そのまま剣を捨てよ。無体を強いて悪かった」

音を立てて羅覇の手から剣が落ちる。同時にその瞳から涙があふれだした。

すぐに綾芽は羅覇の心術を払った。羅覇は慣れぬ立ちまわりを演じたからか、崩れるように座りこむ。息もあがっている。それでも這うようにして岩の窪みに近寄り、鹿青の膝にすがりついた。

「鹿青さま、よかった」

鹿青も、弱々しい笑みを浮かべて羅覇の頭に手を乗せる。

（ほんと、よかった）

綾芽は頬を伝う血を拭い、安堵の息をついた。これで綾芽の使命は果たされた。

しかし。

「鹿青さま、どうなさったのです。お気を確かに！」

急に羅覇が鹿青を揺さぶりはじめた。なにごとかと急いで走り寄ると、鹿青は青ざめ、両手で喉を押さえている。羅覇が懸命に背をさすっても顔色は悪くなるばかり。息ができないのだ。

「今すぐ薬をもってまいります」

と焦る羅覇を、鹿青は目をつむり、苦しい息を振り絞って引き留めた。

「これは病ではない、心術だ」

「なにを仰せです。心術は今しがた解かれたではありませんか！」

「まだひとつ残っている。隠来はわたしにふたつ心術をかけていったのだ」

「ふたつ……」

羅覇は声を失い、あっけにとられた目を綾芽に向けた。綾芽は急いで鹿青の両手をとる。

「どうなの綾芽」

「……信じがたいけど、確かにもうひとつ心術がかけられてる」

「早く解いてさしあげて！　このままでは息がつまってしまう」

「わかってる。ちょっと静かにしてくれ」

羅覇の悲鳴に、綾芽は早口で返した。

どうやら玉央の神ゆらぎは、二重の心術で鹿青を陥れていたらしい。ひとつめの心術が解かれると、すぐさまこちらの心術が鹿青を支配するよう仕組んでいたのだ。

（この心術も、一刻も早く解かないとまずい）

どれだけ息がとまろうと『的』は絶対に死なない。だからこそ延々と苦しみが続く。自分を取りもどした鹿青の心がどれだけ強きものだろうと、いつかは身体の苦しさに耐えられなくなる。すべてを投げだそうとしてしまう。

逃げて神と化す。号令神を八杷島に呼ぶ。

させじと綾芽は、苦しげに歪む鹿青の朱眼を睨み、両手に力を込めた。

「ご安心ください鹿青さま、すぐに心術を解いて楽にしてさしあげます」

しかし鹿青は蒼白な顔を何度も横に振り、掠(かす)れた声で綾芽を押しとどめた。

「無駄だ物申さま、それではこの術は破れない。隠来はこの心術に葬玉(そうぎょく)を用いた」

「葬玉？」

「死者に持たせる玉のことよ」と羅覇が泣きそうな声で言った。「でも鹿青さまが仰せなのはそういう意味じゃない。玉央の優れた神ゆらぎは、葬玉を用いて心術をかけるの」

鹿青の背を必死にさすりながら羅覇は続ける。

「この葬玉を覗(のぞ)いてかけた心術は、物申の力だけじゃ解けない。解くためには、かけられたときに使われた葬玉が必要になる」

「その玉がなければ、わたしでも打ち破れないのか」

羅覇は唇を嚙みしめうなずいた。いよいよ鹿青の顔色は白く変じている。

――だったら、迷ってる暇(ひま)はない。

綾芽は大きく息を吸った。

「羅覇、あなたは鹿青さまを励まし続けてくれ。あなたがどれだけ鹿青さまを思い、そのお幸せを願ってきたのかお伝えしてくれ。そうすれば鹿青さまのお心の救いとなって、心術は効きづらくなる。すこしは息がおできになるはずだ」

今、まだどうにか鹿青の息が続いているのは羅覇がそばにいるおかげだ。深い敬愛の念が、折れそうな心を支えている。

「……あなたはどうするつもりなの」

「この心術をかけた隠来って男は、今この島にいるんだろう。不幸中の幸いだ。わたしは隠来から葬玉を奪ってくる」

「ひとりじゃ無理よ！　玉央もあの男も、あなたが思っているより狡猾で手強いの。物中だからって圧倒できる相手じゃないのよ」

そうかもしれない。綾芽は玉央なる広大な国のことをなにも知らない。

「それでも行かなきゃ。あなたとも、あのひととも約束したんだ」

必ず鹿青を救う。そして戻ると誓ったのだ。

羅覇は葛藤していたが、「わかった」と最後には言った。

「わたしは鹿青さまをけっして絶望させない。あなたが戻るまでなにがあってもお守りする。だから、必ず無事に帰ってきて」

「心配しないで」と綾芽は微笑んだ。「ちゃんと葬玉は持ち帰るし、あなたがたに迷惑もかけない。わたしになにかあって約定が成り立たなくなるのは兜坂だって困るからな」

「そうじゃない！　とにかく無事に戻ってきて。お願い、約束よ」

あたかも真の友に向けるかのような声にうなずいて、綾芽は背を向け駆けだした。

崖の上に戻ると、変わらず激しい風が吹き荒れている。晴れ渡っていた空にも重い雲が押し寄せていた。綾芽は風に髪を乱しながら、白百合の群生を南へ駆ける。

(隠来はどこだ)

羅覇の叔父がいるという、祭官の館なるものに行けばよいのだろうか。

と、一面の百合の白にぽつりと交じった黒が目に留まった。あれはなんだ、と違和感を覚えて目を細めた綾芽は、顔色を変えて駆け寄った。

人だ。人がうつ伏せに倒れている。

その男は血まみれだった。流れた赤い血が、衣の青と百合の白を染めあげている。

ふいに、冬の海石榴殿でのつらい思い出が脳裏をよぎって足がすくむ。だが短刀の柄を握りしめ、勇気を奮い起こして駆け寄った。倒れ伏す男の横顔には見覚えがある。ついさきほど会った――綾芽を物申だと見抜いた羅覇の叔父、太全ではないか。

「太全さま！」

綾芽は必死になって揺さぶった。まだ息がある。血は胸のあたりから流れているようだ。

なにか手当てをするものがないか——と探していると、太全がかすかな声でつぶやいた。

あまりにか細くて聞こえない。風の音にさらわれてしまう。

それでも太全は唇を動かし続けている。どうしても伝えたいことがあるのだ。綾芽は太全の顔に耳を近づけた。八杷島の言葉で意味がとれない。

「太全さま、わたしは羅覇とともにいた、兜坂国の綾芽です。もう大丈夫です、すぐに手当てをいたしますから」

一縷（いちる）の望みをかけて兜坂の言葉で呼びかけると、太全の口から同じ言葉が漏らされた。

「——隠来が、聞きだそうとしたのだよ」

自分の衣を裂いて血止めの布を用意しようとしていた綾芽は手をとめ、その消え入りそうな声に耳を傾ける。

「なにをです」

「あの男は羅覇の帰島を嗅（か）ぎつけた。なんのために戻ってきたのかを知ろうとした。あれは——わたしに心術をかけて、口を割ろうとした」

させなかったのだよ、と太全は弱々しい笑みを綾芽に向けた。

「今真実を、あの男に告げるわけにはいかぬと思った。もし心術をかけられれば、わたしは隠来にあなたの秘密をすべて明かしたうえに、鹿青さまのおわす骨宮に隠来を導いてしまっただろう。それはならぬ。あの子の努力も、あなたがたのご温情も、ここで無に帰させるわけにはいかぬ。ゆえにわたしは」

「……ご自分で胸を貫かれたのですか」

　そうだ、と消え入りそうな声で太全は言った。

　叫びだしたかった。もう嫌だ、またこれか。こんなことばかりだ。なぜみなそうやって、なにかを守るために己の命を投げだしてゆく。

　太全は震える腕を綾芽に向けた。綾芽はその手を強く握りしめる。嘆く心を全力で抑えこみ、ただただ穏やかにささやいた。

「ご心配はいりません、必ず鹿青さまはお助けします。羅覇と約束したのです。互いの大切なひとに、けっしてさだめを負わせないと」

　太全はうなずいた。そして綾芽の手を、ほんのわずかに握り返した。

「あなたにお会いできてよかった。どうかあの子をお許しください。悪い娘ではないのです。生真面目で不器用な、わたしのかわいい姪っ子で――」

　太全の手から力が抜けていく。綾芽は呆然とその血濡れた顔を見つめ、やがてそっと横たえさせて立ちあがった。

　瞳の奥が熱い。だが涙は唇を噛んで耐えた。泣いている暇はない。太全が命を賭して刻を稼いでくれたのだから、あとは綾芽がすべての禍根を断ち切ればいい。すべてをだ。

隠来が、おとなしく葬玉を渡すとは思えない。

殺さねば。命を奪って、葬玉を奪う。そうして鹿青を救わねば。

荒く息を吐きだし周囲を見回した。隠来はどこにいる。そう遠くではないはずだ。

路を挟んだ向こう、咲き乱れる白百合の中に人影が見える。背の高い、ほっそりとした男の影だ。強い風のせいかぼんやりとしているが、人影には違いない。

――あれか。

綾芽は抜き放った短刀の柄を握りしめて駆けだした。背後から近づくのだ。これだけ吹きつける風が強ければ足音は聞こえない。はじめの一撃でけりをつける。命を奪う。惑ってはだめだ。斎庭で生きてゆくのなら人の命のひとつやふたつ、刈りとる覚悟を持たねばならない。はじめに手をくだすのがこの隠来であるだけ、綾芽は幸運なのだ。

百合をかきわけ走ってゆく。しかしはじかれたように立ちどまった。

確かに人影がある。玉央の装束をまとっている。だがあれは、玉央の神ゆらぎではない。明らかに心術をかけられた様子の兵士が、朦朧として佇んでいるだけだ。

――しまった。

振り向こうとしたときには遅かった。男の腕が突然背後から現れて、綾芽の髪を摑んだ。

そのまま引き倒される。顎があがり、振るった短刀は空を切った。悲鳴をあげる暇もない。綾芽は白百合の群生のむせかえるような芳香の中に荒々しく押しつけられた。

すぐさまうつ伏せにされ、背中で両手をひねりあげられる。頭を打ったのか、目の奥で火花が散った。それでも痛みを堪えて、首をひねって仰ぎ見た。

視界の端に、酷薄な笑みを浮かべた、背の高い痩せた男の姿が映る。

「よくぞ気づいた。だが遅かった」

男はあっというまに綾芽を後ろ手に縛り、仕上げのごとく脇腹を蹴りあげた。綾芽は腹を深く折ってむせかえる。苦しい、息ができない。

それから男は髪を摑んで綾芽を上向かせ、品定めでもするかのように覗きこんだ。目が糸のように細くなる。薄ら笑みを浮かべたまま、玉央のものらしき言葉でなにごとかつぶやく。と思えば今度は八杷島の言葉で問いかけてくる。どちらも反応が薄いと見るや、次々とさまざまな国の言葉で話しかけ、最後の最後になって、ようやく兜坂の言葉で尋ねた。

「――まさか、お前は兜坂の女か?」

綾芽の目がひらいたのを認めて、隠来は片方の口の端をつりあげる。

「いやまさか。あの祭官の娘がいかに愚かでも、よりによって無知なる兜坂と手を組むわけはなかろう。なあ？」

　わかっていて問いかけてくる。綾芽が黙っていると、隠来は表情も変えずに綾芽の腕をきつく締めあげた。綾芽は悲鳴をあげつつ必死に考える。どうにか形勢を逆転させねばならない。今は刻を稼ぐしかない。

「……わたしがその、無知なる兜坂の者だとしたらどうするつもりだ」

「なんだ、話せるではないか。言葉もわからぬ猿かと思ったぞ」

　隠来はせせら笑ってから、綾芽の腕をぞんざいに手放し、見おろした。

「どうにもせぬよ。追いつめられた蟲が二匹ばかり手を組んだところで、蟲は蟲。天地の理は覆せぬ。ただ気にはなるものだな。あの女祭官は、お前の国を滅さんと画策していただろう。哀れにも、あれだけ健気に仕えてきた己をいらぬと遠ざけたつれない鹿青のために必死になっていたわけだ。それがなぜ、すごすごとなにも為せぬまま戻ってきた。それればかりか兜坂の娘を連れてきた」

「なにも為せぬままなんかじゃない。羅覇は為した。しっかりとわたしの国を破滅させて戻ってきたんだ」

「いらぬよ嘘は。そのような嘘はいらぬ。もしまことに号令神が兜坂に落ちると決まったならば、太全が自刃するわけがない。あの男は、隠したい仕儀があるからこそ、己の命と引き換えに刻を稼いだわけであろう？　おそらく女祭官は、兜坂を滅ぼさずとも鹿青を救える道を探しあてたのだ。さて、それはいったい、どのような道だ？　兜坂の女よ」

綾芽は目を逸らした。なんと答えればいい。だが隠来は、そもそも答えを知っているようだった。

「お前は知らぬだろうが、号令神が落ちるときには必ず、どこかの国に物申が現れるものだ。よもやと思っていたが――」

隠来は顎を撫でて、冷たく笑った。

「まさかまことに、どこより無知で愚かな兜坂国に生まれ落ちていたとはな」

綾芽は口を引き結んでいた。怒るな、惑うな。相手はそうとうの心術の使い手だ。心を揺らせば、物申であろうと付け入られる。

「なあ、お前は物申なのだろう？」

「お前がそう思うのなら、そうなんじゃないか」

「非礼な娘だな。兜坂国とはこのような獣のごとき女ばかりが住む場所か？」

斎庭の人々を馬鹿にされた気がして、綾芽はかっとなって睨みつけようとした。だがそれより早く髪を摑まれ頭を引っ張りあげられて、為す術なくのけぞった。

顎があがり、苦しくて口がひらく。

そこに隠来は、丸薬のようなものを放りこんだ。

毒か、と綾芽はとっさに吐きだそうとした。だが鼻と口を塞(ふさ)がれできない。飲みくだしてしまってから激しく咳(せ)きこんだがもう遅かった。

「なにを呑ませた！」

「神毒だ。まあ、たいしたものではない、死にはしない」

そんなわけはない。毒と言ったではないか。

死ぬかもしれない。そう思ったら息があがって、胸がばくばくと跳ねた。なんとか落ち着こうと息を吸う。肩を大きく上下させながら隠来を睨みあげる。死ぬのだとしても、その前にやらねばならないことがある。

隠来は、玉盤神のごとき無の表情で綾芽を見おろしていた。だが一転笑みを浮かべ、綾芽の頰を撫でさすり、猫なで声でささやきかける。

「なあ娘よ、なにも悪いようにするつもりはない。お前が物申ならば、八杷島の祭官が慌てて帰島した理由もわかる。お前たちは手を組んだのだろう？　祭官は兜坂に神気を払う術を授け、その見返りにお前が鹿青の心術を解きに来た。物申とは、強いて動かせる者ではない。お前は祖国を救うため、自ら望んで鹿青を救おうとしている。だが……お前はなにも、八杷島と結ぶ必要はないのだよ」

我らと結べばよい、と隠来は切れ長の目を細めた。

「お前が望むは兜坂国の安寧、そうだろう？　ならば八杷島ごとき小国よりも、我が国と結んだほうがはるかに利は大きい。お前は、玉央皇帝を戴く地がどれだけ広大なのか知っているか？　どれだけの民が陛下にひれ伏しているのか耳にしたことがあるのか？　あるとしても、小国の生まれのお前が正しく我が国の姿を思い描けているとは到底思えぬ。それほど我が国は強大で、本来ならば兜坂など一顧だにする必要もないのだ。だがお前が物申だというのなら、物申を擁する国として兜坂に敬意を表さなくもない。そもそもわたしはお前の国に物申がいるかもしれぬと思ったからこそ、お前の国から手を引き、骨宮に隠された鹿青を引っ張りだそうとこの島に戻ってきたのだからな」

「……なにが言いたい」

「我らに属すと誓え。お前が一言そう誓えば、今すぐにでも八杷島に号令神を落としてやろう。そうして陛下に、お前の国を末永くお守りくださるようお願い申しあげよう」

――そうすればもう、兜坂国は安泰だ。

耳元でささやかれて、綾芽は唾を飲みこんだ。

このよく喋る男はなにも虚言を弄しているわけでも、甘言をささやいているわけでもない。いたく真っ当な交渉を持ちかけている。玉央の国力は他国と比べるまでもない。廻海の国々すべてが束になってようやく対抗できるかどうかだ。

そんな国が、綾芽という物申の存在ただそれだけを理由に結んでもよいと提言している。断るのは愚かに過ぎる。ここで無下にするのは玉央を敵に回すに同じ。たとえ八杷島が滅びようと、兜坂は属国扱いをされようと、二藍を救うという悲願のためならば悪い話ではない。

――でも。

「断る」

綾芽は首をもたげて、男を睨みあげた。

「ほう、愚かな。なにゆえだ?」

「属国になれと命じるのは、手を結ぶとは違うだろう。毒を呑ませた男を信頼しろというのも無理がある」

「毒? さきほどの神毒のことか? 死にはしないと言ったのに、臆病なものだ」

「なんでもいい。怪しいものを呑ませた男など信じられない。それにわたしは約束した」

「祭官の小娘との約定か? そのような些事にこだわるとは、さすがは辺境のもの知らぬ民よ。物事の軽重が見定められぬのだな」

「そうじゃない」

確かに羅覇との約束も大切だ。だが綾芽の言った約束は別のものだ。

（わたしは、遠い祖国に残してきた人々との約束を果たさねばならないんだ）

兜坂国を守り抗う人々は、玉央にひれ伏すことを正しい道と納得するだろうか。

「まあよい。どちらにせよ、早晩兜坂国は立ちゆかなくなる。祭祀を失い我らが属国になり果てるか、滅びて国そのものの形を失うか、どちらかはわからぬが」

隠来はにこりと立ちあがり、その笑みをすこしも崩さぬままに綾芽の背を沓で踏みつけた。綾芽の口から悲鳴があがる。しかし隠来は苦しむさまには目もくれず、なにごともなかったように話を続ける。

「だがお前は、祖国が結局どちらの形で滅んだのかを一生知ることはないだろう」

「殺す気か」

「まさか。玉央に連れていって、陛下に献上する。腐っても物申だ。我らのために役立つよう、存分に心を折っていただくとよい。陛下は、お前のような強情な輩が心をへし折られるさまを眺めるのが、いたくお好きであられる。……わたしはよく知っている」

隠来は淡々と告げると、綾芽に背を向け歩きだした。

綾芽は必死に息を整えた。身体に走った激しい痛みがようやくひいて、息ができるようになる。折れた白百合の上に押しつけられた胸を大きく膨らませる。隠来はまだ背を向けっている。今なら隙があるのか、どこか心ここにあらずの体で歩き回っている。玉央の朝廷のことでも思い出しているのか、どこか心ここにあらずの体で歩き回

ざあと音をたてて風が吹き抜ける。雲が流れてゆく。あとすこし、もうすこしだけ雲が寄せてくれれば——。

不穏な空模様にちらと隠来が目をやったその刹那。

綾芽は声の限りに叫んだ。

「稲縄さま！　我がもとへ降りられよ！」

隠来は怪訝な顔で立ちどまり、はっと振り返る。だが今さらだ。

西からやってきた厚い雲が岬に落ちかかり、紫光が空を割る。雷が、風にひれ伏す草花の中に佇む隠来めがけて駆けくだり、耳を切り裂かんばかりの激しい音がとどろいた。

——仕留めた。

綾芽は確信した。玉央の神ゆらぎは、雷に打たれて死んだ。

だがようよう目をひらくと、白百合に埋もれるように座りこんだ隠来の、憎悪の視線とかち合った。この神ゆらぎは直撃を免れたのだ。手にした剣をすんでのところで放り投げ、そちらに雷を落としたらしい。

そしてその落ちた剣の傍らにはもうひとり。雷電を身にまとい、軽薄な笑みを口元に浮かべながら、蔑むかのごとく冷徹な目で綾芽を見おろす官服姿の男が立っていた。

怨霊、稲縄だ。

「まさか、見も知らぬ外つ国にまで呼びだされるとは思いもよりませんでしたよ、綾芽」

粘りつくような慇懃さで稲縄は言った。

「なぜこんなところに招いたのです？　お前は兜坂の神を招く、兜坂の神祇官ではなかったのですか。よもやあの子と国を捨てたわけではないでしょうね」

「まさか」

綾芽は地に転がったまま、身体をひねり、顔を持ちあげ言いかえした。

「わたしは兜坂の神祇官だ。神祇官として、この八杷島の王太子のお許しをいただいてあなたをお招きしたんだ」

骨宮を出てゆく前に、鹿青は苦しい息を押して綾芽に許しを与えた。

『この祭祀島の白百合の上を、いっとき兜坂の地とすることを許す』

先日斎庭で付け火騒ぎが起こった際、羅覇が八杷島の神官として大風の神を招いたのと同じことを、今度は綾芽が為したのだ。

鹿青の許しによって、今この白百合の花の上は兜坂の国土に等しい。だからこそ綾芽はこの異国で神を招ける。遠き祖国の怨霊を呼びだせる。

ずっと形勢を逆転する隙を窺っていたのだ。春先の八杷島には雷が多いと羅覇は言っていた。だから、雲行きが怪しいと気づいてから、雷神である稲縄を呼びだす機会を待っていた。そしてとうとうそのときはやってきた。隠来は死ななかったが、それでも無傷とはいかなかったのだろう、立ちあがれずにいる。上出来だ。

綾芽は声を張りあげた。

「稲縄さま！　招きに応じてくださり感謝する。どうか兜坂の国のため、その男に今一度雷を落としていただけないか」

「無様なあなたを助けろと？」

「お頼み申しあげる」

「……仕方ない」

と稲縄が鼻を鳴らしたので、綾芽は安堵の息を吐きだした。稲縄は頼みに応じる気はある。今度こそ片がつく。

しかし隠来はまったく慌てなかった。頰に不穏な笑みを広げたと思えば、

「そこな稲縄なる官人の霊よ。あなたはどうやら、雷を司る鬼神であられるようだ」

そう、朗々と響く声で呼びかけた。稲縄の血走った瞳が、じろりと隠来へ向けられる。

「……それがどうした」

「では稲縄どのよ、玉央国の神祇に携わるこの隠来が、あなたを我が国へお招きいたしま

しょう。卑小なる兜坂の地にまつろう怨霊としてではなく、廻海の中心たる、我らが玉央の地に祀られる鬼神として」

ほう、と稲縄の口から息が漏れ、綾芽の頰からさっと血の気がひいた。

――この男は、なにを言っている。

兜坂に生まれ兜坂の神となった稲縄を、玉央の神として勧請し、新たに祀りあげようというのか。つまりは――綾芽が招いた稲縄を、自分の国の神としてあらためて招きなおし、己が頼みを聞かせようとしているのか？

「そんな……できないはずだ、お前は玉央の祭祀を担う者だろう！　外つ国で神を招けっこない」

焦りの滲んだ叫びが口をつく。しかし答える隠来は涼しいものだった。

「なにを寝ぼけたことを。ならばお前こそ、どうしてお前の国の神を呼べた？」

「それはわたしが鹿青さまからお許しを……」

そこまで言って、まさかと蒼白になった綾芽を、勝ち誇った瞳が捉える。

「そう、わたしも同じだ。鹿青からこの島での祭祀の権を借り受けている。奪ったというほうが正しいか。ゆえにわたしもこの外つ国で、祭祀を執り行えるわけだ」

――まずい。

綾芽は唇を噛みしめた。もし隠来の神招きに稲縄が応じたら一巻の終わりだ。綾芽は唯一の切り札を失う。最悪の場合、隠来の願いに応じた稲縄に、雷を落とされ殺される。

むっつりと黙した稲縄に、隠来は挑むような笑みをもって続けた。

「あなたが鬼となられたのは、兜坂国に恨みあってのことでしょう。兜坂国で悲憤のうちに血の涙を流して命を落とされた。それゆえ鬼となり、雷と結びつき永劫さまよわれることとなったのだ。つまりはあなたにとって、兜坂の国は憎き敵。であればそこな兜坂の神祇官の娘も敵でしょうに。まさか敵の望みを叶えられるのですか？　そのようにむなしく利用されつづけるくらいならば、なにとぞ玉央の神と成られよ。我らが祭祀のもとで力を振るわれよ」

稲縄は思案している。なぜ迷っている。綾芽は必死になって叫んだ。

「稲縄さま、この男は神ゆらぎだ、兜坂の神は神ゆらぎの招きに応じないものだろう！」

頼む、そちらにゆかないでくれ、お願いだ。

「神ゆらぎの招きに応じぬ――確かにそうではありますがね」

と稲縄はふいに口をひらいた。冷ややかな怒気をはらんだ表情が一転、おもしろくて仕方がないというように綾芽を見おろす。

「だがもしわたしが玉央の神として祀られるのならば、そのような兜坂の決まりごとなどもはや意味を成さなくなりますねえ」

「稲縄さま！」

「それで玉央の。お前はわたしになにを与えてくれるのです？　話によっては、お前の招きに応じてやっても構いませんよ」

声を嗄らして懇願する綾芽に背を向け、稲縄は隠来に問いかける。隠来は背を正し、歌うように告げた。

「まずは東方の鬼神として、立派な廟を建てお祀りいたしましょう」

「それから？」

「年に一度、我らが都にて丁重におもてなしいたします。美人を侍らせ美味を並べ、兜坂の者どもがついぞ味わったことのない、目も眩む一夜をお過ごしいただきましょう」

「お前の国に遣わされた、我が国のどの大使よりも厚遇してくれるのですか」

「大使などとは比べものになりませぬ！　なにせあなたは神であらせられる。天子さえもうらやむもてなしをご用意いたしますよ」

胸を張る隠来を、稲縄は袖を口に当てて馬鹿にした。

「残念ながら、わたしは豪奢なものには興味がありませんし、天子の宴とやらにもまったくもって惹かれませんねえ」

さあどうでる、と言いたげな稲縄だったが、隠来の笑みはいっさい揺らがなかった。

「ではこちらならいかがでしょう。我が国の神となれば、あなたがお心に抱(いだ)かれたもっとも真なる願いを叶えてさしあげられる」

「……ほう」

初めて稲縄の声音が変わった。

「真なる願いとな。お前はそれがどのようなものと考える。申してみよ」

「それでは申しあげましょう。あなたは兜坂国に恨みを募(つの)らせ鬼となられた。察するに兜坂の者どもはあなたを陥れ、評価せず、軽んじた。そうでございましょう」

「然(しか)り」

空で雷が唸(うな)る。ぴりぴりと張りつめた気配が稲縄をとりまいてゆく。

「であればあなたの真なる願いとは、その兜坂を見返し、己の価値を認めさせることでありましょう」

わたしの招きに応じてくだされば、その宿願を叶えてさしあげられる。

「我らが玉央は、兜坂などとは比べものにならぬ大国です。見渡す限りの草原、分けいっても分けいっても終わらぬ険(けわ)しい山々、端から端が見通せぬほど水をたたえた大河。どれも兜坂にいては想像もつかぬもの。知恵も知識も、兜坂のそれなど塵(ちり)に等しいほどに積み重なっております。その我が国の神として祀られれば、あなたは己を鬼に貶めた兜坂なる小国を、はるか見おろす永遠の聖殿を手に入れられる。なんと胸がすく復讐でしょうか」

隠来は両手を広げてみせた。

「あなたはとうとう、あなたを踏みにじった者どもを永劫踏みにじることのできる高みに至られるのです。兜坂の王があなたの足元に這いつくばり、頭を地にこすりつけ、許しを乞おうとも、あなたはすげなく追い返せばよいのです」

「それはなかなか気味がよい」

稲縄は手にした笏を、勿体ぶって口元に寄せた。

「それで玉央の男よ、そのようにわたしを祀った見返りに、お前はなにを望んでいるのだ。この娘を焼き殺すことか？　それとも、お前に皇帝への服従を強いている心術を解く手助けか？　心術を解いてくれるよう、この娘に頼んでやろうか」

「どちらでもございません」

と隠来はよどみなく答えた。

「その娘は物申ですから、陛下に献上せねばなりません。わたしが今ここで望むのはただ、その者の望みを聞かずに去っていただきたい、それだけでございます」

「……だそうだ綾芽、なにか言い分はあるか？」

稲縄が綾芽に目を落とした。充血した瞳には、再び冷ややかな光が宿っている。

「わたしは……」

綾芽は言葉を探した。

なにを言えばいい。どうすれば稲縄は、隠来の誘いを蹴って綾芽に味方してくれるのだ。焦りが胸を焼き、考えがまとまらない。稲縄が兜坂を恨んでいるのは間違いない。兜坂の人々に裏切られたゆえに怨霊になった稲縄だから、はるかに繁栄した大国の神として祀られるのなら喜んでそちらにつくだろう。稲縄の真なる願いが、隠来の言うとおりに兜坂への復讐だとしたら、綾芽がなにを言おうと稲縄の心は揺らがない。

「申すことはなにもなしか、物申」

吐き捨てるように問いかけられる。綾芽は顔を歪めて目をあげた。言いたいことはいくらでもある。でもどう言えばいいのかわからない。どうすれば伝わるのだ。

「……助けてくれ、稲縄さま」

結局口からこぼれ落ちたのは、切に願う声だけだった。

「ほう、驚いた。お前の口からそのような殊勝な言葉が吐かれるとは思わなんだ」

稲縄は鼻を鳴らしている。だが綾芽はくりかえした。どうか助けてくれ、わたしの祭祀を拒まないでくれ。わたしたちの国を見捨てないでくれ。

稲縄の痛みも絶望もよく知っている。その苦しみがどんな形であれ報われる道を選ぶなとはとても言えない。わかったふうな口はきけない。ならば綾芽にできるのは、それでも綾芽を、兜坂を、あなたの『あの子』を諦めないでほしいと頼みこむことだけなのだ。

「……怨霊を情で動かそうとするとはな。愚かな物申よ」

稲縄は乾いた笑いを漏らし、笏を構えなおした。

「だが――」

青ざめる綾芽を見おろして、箍の外れた笑みを大きく顔にのぼらせる。

「物申にそう頼まれては、断れるものでもない」

刹那、轟音がとどろいた。

空を切り裂く光が落ちたのは――隠来の上だった。

「惜しいことをしましたねえ、玉央の神ゆらぎ」

雷撃に打たれた隠来はばったりと倒れ伏した。息はあるが起きあがれない。そんな神ゆらぎに、稲縄はけらけらと笑って歩み寄る。

「助けてくれと正直に乞えばよかったのですよ。そうすれば、お前についてやらないこともなかった。なにもかも得ようと欲張るからこうなる。それとも、そうせざるを得ない呪いに縛られていましたか？　……まあ、どちらにせよお前は神祇官として劣りましたが。

お前は、今のわたしの真なる願いを見誤った」

稲縄は笏を手の甲に叩きつけた。とたんに綾芽の背で、両手を縛っていた縄がぷつりと切れる。助けてくれたのか、と綾芽は手首をさすって起きあがり、ふいに悟った。

——ああ、そうか。

「稲縄さま、今のあなたの真なる願いというのは——」

最後まで稲縄は言わせなかった。

「我が真なる願いは、あの子が苦しみ足掻く無様な姿をできるだけ長く、たっぷりと眺めることですよ」

当然のように言い放った声を残して稲縄の姿はかき消える。

あとには白百合の中を吹きすさぶ風だけが残った。

ざあっと銀箭のごとき雨が落ちかかり、すぐにやむ。雲間から陽の光がさしこんだ。綾芽は落ちた短刀を拾い、大事に懐にしまいこむと、倒れた隠来へそっと目をやった。

隠来は空を見あげていた。雨粒をはじいて白く輝く白百合の中に両腕を投げだし、ただ青空を仰いでいる。

「……勝った気でいるのだろう?」

視線だけが綾芽に向いた。虫の息だというのに、瞳にはまだ鋭い光が宿っている。

「玉央など恐るるに足らずと軽んじているのだろう？」

「軽んじてはいない」

　綾芽は静かに答えた。稲縄の気まぐれが綾芽を助けた、それだけだ。

「勝った気でいるわけでもない。この戦いに、負けはあっても勝ちはない。わたしたちはみな、国を生かそうと懸命に足掻いているだけだろう」

　この隠来を斃せば、なにかを得られるわけではない。すっきりと胸がすくわけでもない。隠来の狡猾な企ても、すべては玉央を生かすためのもの。綾芽も羅覇も、この隠来も、切なる望みはひとつだ。

　玉央の神ゆらぎは、心術によって皇帝の命に絶対に逆らえないようにされるという。あたかも玉盤神の神命を下されたかのように、人である皇帝に従わざるをえない。どんな理不尽にも、暴虐にも抗うことが許されない。

　この男もまた、哀れなさだめを背負った神ゆらぎだ。

「情けをかけるつもりか？　馬鹿馬鹿しい」

　刻々と弱まる息のもと、隠来は笑い飛ばした。

「二十日もすれば、お前は己の甘さを思い知る。我が温情を撥ねつけたことを後悔する。わたしと玉央の真の恐ろしさを、我らが廻海の盟主たるわけを心の底から悟る」

「……わたしは、あなたが呑ませた毒で死ぬのか？」

「死なぬよ。死ぬわけがなかろう！」

隠来は大きく口をあけて高笑する。そのままのけぞり、動かなくなった。

（――死んだ）

綾芽はしばし、呆然とその場に佇んでいた。

あっけない最期（さいご）だった。八杷島を、兜坂を、あと一歩まで追いつめた男の生が終わった。

ここで死んだ。

綾芽が死なせた。殺したのだ。

だがそれは覚悟のうえだった。大きく息を吸って、隠来の傍らに膝をつく。求める葬玉はすぐに見つかった。腰に佩（は）いていたそれをとり、くるりと引き返す。太全の亡骸（なきがら）をゆきすぎて、濡れた白百合の群生を駆け抜けて、岬のさきへとひた走る。骨宮へとおりてゆく。

松明の明かりに照らされた、主従の姿が目に入る。喉を押さえた鹿青の頬は白百合よりも白く、支える羅覇の横顔にも焦りの色が滲んでいる。だがふたりとも、望みを失ってはいなかった。励まし合って耐え忍んでいる。

「羅覇、鹿青さま！　葬玉をとってきました」

綾芽が飛びこむと、ふたりははっと顔をあげた。その瞳に輝きが灯（とも）る。

「綾芽！　ずっと待っていたのよ」

「遅くなってごめん。鹿青さまはご無事か」

「なんとか。あなたこそ衣が血だらけだけど、まさか怪我してるの？」

いや、と綾芽はあいまいにごまかした。言わねばならないことがいくつかある。だが今は鹿青を救うのがさきだ。

「鹿青さま、葬玉とはこれですね」

と綾芽は掌(てのひら)をひらいて、暗い緑に透き通った、つるりとした石を示した。鹿青はもう声が出ないのか無言だったが、小さくうなずきを返す。

「よかった。それで羅覇、どうすればいい」

「この石ごしに鹿青さまの目を見て。そのまま手を握って心術を解いて」

綾芽は言われたとおりにした。深い沼のような色の石の向こうに、鹿青の赤く変じた瞳がある。ひたと目を合わせ、両手に力を入れた。大きく胸を膨らませて息をとめる。

術をかけた者が死んだからか、鹿青の心の強さゆえか。心術はあっさりと崩れていった。

鹿青は大きく咳きこんだ。

「鹿青さま！」

と血相を変えて身を支えた羅覇が、すぐに瞳を潤(うる)ませる。鹿青は幾度か大きく胸を上下させて顔をあげた。己の祭官の手を握り、微笑みを浮かべた。

「長らくつらい思いをさせたね、羅覇」

羅覇の頬を、ぼろぼろと涙がこぼれ落ちていく。鹿青は困ったように目を細め、それからやさしく抱きしめた。

第四章　月影の橋、はるかなる心をしかと結ぶ

「綾芽、具合はどう？」

潮の匂いを含んだ風が吹き抜ける。

故郷と懐かしい友の夢を見ていた綾芽は、ゆっくりと目をひらいた。

大きくひらけた見慣れぬ形の戸口に、目隠しの麻布がはためいている。その向こうから、羅覇がこちらを覗きこんでいた。

「……とくに変わったところはないな。ぴんぴんしてる」

「それはよかった。すこしは休めたかしら」

「おかげさまで。だけど」と綾芽は寝台に身を起こした。「あなたは休む間もなさそうだな。鹿青さまの神気は無事払えたのか？」

ええ、と羅覇はすこしだけ表情をやわらげた。

「食事も召しあがれたし、お元気よ。さきほどまでお眠りになっていたけれど、今はもう

みなに指示を出しておられるし」

　鹿青のふたつめの心術を解いたあと、羅覇は安堵に泣き崩れた。だがすぐに冷静な王太子付き祭官の顔を取りもどして、為すべきことを為しはじめた。長く眠っていて痩せ衰えた鹿青は疲れ果てている。風の通る寝床に移し、滋養のつくものを食べさせなければならない。そもそも鹿青は何度も羅覇に心術を使ったから、たまった神気をすみやかに払わねば危うい。

　そして同じころ、異変に気づいた兵士や祭官が岬に集まってきて、骨宮の上はたいへんな騒ぎとなっていたらしい。八杷島語で飛び交う怒声や議論に綾芽はまったくついていけなかったが、羅覇はうまくその場を取り仕切った。鹿青を島の入り口にある祭官の館に運んで、神気を払う術を施したり看病したり、太全の弔いの準備をしたり。

　そのあいだ、綾芽は休ませてもらっていたわけだった。

「鹿青さま、お元気なんだな。安心したよ」

　でも、と綾芽は疑問にも思った。

「神気を払う術って、身体を切り裂いて神気の塊を取りだすものだろう？　とても痛くてお疲れになるから、すぐにはお目覚めにならないかと思っていた」

　同じようにして神気を払われたあと、二藍はぐったりと寝込んでいたのだ。

「実はね」と羅覇は眉を寄せて教えてくれた。「隠来の心術に囚われるまで、鹿青さまはほとんどご自分で心術を用いたことがなかったの。だから二藍さまよりは神気が溜まりづらくて、払うときの痛みも軽い」

「……そうなのか」

二藍は心術を使い続けていたぶん、より苦しい思いをしなければならないのか。

「あとは……叔父さまが、こまめに神気を払われていたのもあるけれど」

ぽつりと付け加えられた声に顔をあげると、羅覇は両手を重ねて、深く頭をさげていた。

「叔父さまを看取ってくれてありがとう」

「……わたしは、なにもしてさしあげられなかったよ」

「いいえ。あの御方は希望を感じて死んでゆかれた。それだけでも幸せだった」

気丈な物言いをする羅覇が内心ひどく落ちこんでいるのが見てとれて、綾芽の胸は締めつけられた。死んだ者にはなにも残らない。遺された羅覇が、その最期が幸せだったと思えるのならせめてもの慰めだ。

「太全さまは、姪御のあなたを心配なさってたよ。仲良くしてやってくれと頼まれた」

「遺言だからって、そのとおりにする義理はないのよ。あなたには、わたしを裁く権利がある」

「遠慮しとく」と綾芽は笑った。「そういうのは隠来でもう充分だ」

隠来は綾芽の直接の仇ではなかったが、那緒の死や二藍の苦しみの元凶ではあった。自分の手で葬れてすこしは胸がすくかと思ったけれど、実際はむなしいだけだ。

玉央とて、この争いの真なる元凶ではないのだ。隠来を殺したところで号令神をめぐる戦いは終わらない。この不毛な争いは、どこかの『的』が神と化すまで続いてゆく。

だから綾芽は、すくなくとも綾芽自身は、羅覇を裁こうなどとは思っていない。

ただ、と付け加える。

「もしあなたが自分の行いを気にしてるっていうなら、これからもわたしの国に祭官を遣わしてくれるよう、鹿青さまにお願いしてくれ。まだまだわたしたちには、二藍さまをお守りする知恵が足りない。あなたの国の助けが必要なんだ」

再び兜坂に戻ってくれとは言わなかった。

八杷島では本来、王や王太子とその一の祭官は離ればなれになどならない。鹿青が心を取りもどした以上、一の祭官たる羅覇はそばで仕えるのが義務だ。だから八杷島は綾芽に、羅覇以外の祭官を新たに選んで連れて帰ってくれまいかと伺いを立ててくるだろう。

（それでいい）

羅覇を再び兜坂に連れてゆけば、いつかは責任をとらせる流れになるかもしれない。八杷島も、表だっての命乞いはしないだろう。だが綾芽はもう、羅覇の首を前に快哉を叫ぶ大切な人々の姿は見たくなかった。自分勝手だろうとなんだろうと嫌だった。

　幸い祭官の一族は羅覇の他も多くいるそうだ。能ある誰かを遣わしてくれたらいい。

「もちろん、約束するわ」と羅覇は答えた。「鹿青さまはさっそく、あなたに国へ持ち帰ってもらう、祭祀にまつわる書物の準備を命じられた。祭祀島にいる一族総出で書写しているところよ」

「ありがたいよ」

「ありがたいのはこちらのほうよ」

　なんだか脱力したように息をついてから、羅覇は綾芽に歩み寄って膝をついた。

「さっき医師と話したの。あなたが吞まされた神毒は、今のところ効いていないようよ」

「ほんと？　……よかった」

　隠来は、綾芽に神毒という名の丸薬を吞ませた。必ず後悔すると呪いの言葉を吐いて死んだ。てっきり死に至る毒かと思ったが、羅覇が言うに八杷島で『神毒』とは、カミクサという草を煎じた毒を指すそうで、長く痺れが残ることがあるものの、命に関わるほどではないらしい。しかも羅覇はすぐに解毒薬を手配して吞ませてくれたし、今のところ身体に異変もまったくない。

「でも油断は禁物だから、医師があらゆる書物をひっくり返して、痺れがでたときの対策を練ってるわ。すこしでもおかしいなと感じたら、戸の外に立たせている兵士に知らせてね。そうだ、そろそろ夕餉だから、食べたいものがあったらそれも申しつけておいて」

「ありがと。至れり尽くせりだな」

冗談めいて返すと、当たり前でしょうと羅覇は首をすくめた。

「本当だったらこれから祭王の御許に参上して、そちらでおおいに歓待したいところだけど……あなたの安全を考えるとそれも難しいから」

「構わないよ。大君のお言づてだけ、鹿青さまにお伝えできれば」

「鹿青さま、月がのぼるころにお会いしたいと仰っていたわ。お時間をいただいても構わないかしら」

「喜んで」と綾芽は頰を緩めた。

いよいよ月がのぼる時分が訪れると、綾芽は羅覇とともに鹿青のもとへ向かった。

強い日輪の光のしたでもこの島は鮮やかだったが、夜もまたひときわ美しかった。軒廊から望む庭には珊瑚の骨が撒かれていて、青白く輝いている。緑濃い木々はほのかな陰影をつくりだし、満天の星は銀砂のようだ。

そして、のぼりつつある望月。

そのあまりに冴え冴えとした輝きに見とれていた綾芽を、羅覇は祭官の館のもっとも奥まったところにある離れに誘った。二室だけの小さな屋敷のうちでは、鹿青がひとり待っているという。羅覇は扉の前で片膝をつき、綾芽を中へと促した。

木がふんだんに使われた室へ足を踏みいれると、色鮮やかな布がかけられた倚子に腰掛けて、鹿青は八杷島の正装で待っていた。

綾芽の姿を認めるや立ちあがり、綾芽がなにを言うよりさきにその足元に額ずく。

「どうかお許しください」

綾芽は狼狽して、慌てて鹿青を助け起こそうとした。

「お立ちください鹿青さま、なにを謝っておられるのです」

「謝罪せねばならぬことはいくらでもあるのです。まずはさきほど、わたしは我が祭官に、あなたを殺せと命じました」

「心術が為したことです、気にしておりません」

確かに心術に囚われた鹿青は綾芽を殺せと命じたが、すんでのところで自分を取りもどして羅覇をとめてくれた。ならばもういい。正気の鹿青は綾芽を助けた。それだけだ。

だが鹿青は頑として顔をあげなかった。

「そればかりか我が八杷島は、わたくしの失態が招いた危地をあなたさまの国になすりつけようと──」

「おやめください」と綾芽は今度は強く制した。「今のお言葉は聞かなかったことにいたします。そうするようにと、大君に仰せつかってきたのです」

八杷島が兜坂を陥れた事実は許せない。さきの春宮、その寵妃、那緒。多くの人が死に至り、二藍も国も危うかった。

しかしある意味では、間一髪のところを救ってもらったのだ。

ゆえに、正式に遣八杷島使として遣わされた春宮妃の立場では、王太子鹿青に謝罪はさせない。八杷島の非を問わない。その代わり、必ずこのさきも協力するという約定を取りつけてくるように。綾芽は大君からそのように厳命されてきたのだ。

「鹿青さま。わたくしどもには、来し方の事柄で諍う余裕はございません。よき行く末のためのお話であれば、いくらでも聞かせていただきとうございます」

鹿青も兜坂の思惑は悟ったのだろう、顔をあげて、どことなく十櫛に似た、困ったような顔をした。

「……承知いたしました。それでは春宮殿下の妃さまではなく、ここにおられる綾芽さまに感謝を申しあげることだけはお許しください。このご恩は必ずお返しいたします。兜坂国がお望みのものをなんなりとお申しつけいただければ」

「それではお約束していただきたく存じます。この号令神をめぐる災厄を、我が国と手をとり乗り越えること。あなたがたがお知りになったわたくしや斎庭の秘密を、けっして他国に明かさないこと。我らに号令神をやりすごすための知恵をお分けいただくこと」

「我が名に誓って、お約束いたしましょう」

鹿青は約定を守る旨を親書にしたため、己の名を署し印を押し、綾芽に手渡した。

「これを兜坂の大君にお渡しくださいますよう、お願い申しあげます」

「確かに承りました」

受けとった親書を箱に納めて、綾芽は深く安堵の息を吐きだした。

これで終わった。綾芽が八杷島で為すべき役目はみな果たされた。

「……あの、鹿青さま」

「なんでしょう」

「鹿青さまのおやさしいお人柄は、二藍さまよりかねがね伺っておりました。わたしは鹿青さまをお救いできて、本当に嬉しく思っております」

ようやく心からの言葉を告げると、鹿青の頬から強ばりが失せ、やわらかな微笑みが返ってきた。

やはり十櫛に似ている。さきほど骨宮で見たときはそれほどでもなかったのに——と考えて気づいた。鹿青の瞳はもう朱色ではない。十櫛と同じ深い海の色に変じている。

(そうか。鹿青さまは、『白羽の矢』から解き放たれたのだな)

鹿青の身から、どの『的』よりも神に近いと示す印は消えた。鹿青と八杷島は、窮地をひとまず脱したのだろう。

それからふたりは堅苦しさを取り払い、「月が高くのぼれば、あらためてお話ししたいことがございます」と鹿青が言うので、今宵の月の色に似た、立派な舶来の銀の卓に向かい合ってそれまで待つこととなった。

室に入ってきた羅覇が、緑釉の器に温かい飲み物を注いでくれる。外つ国で産する葉を蒸したものだそうで、甘い香りに綾芽の心はほぐれた。

「綾芽さまがなるべく早くご帰国いただけるよう、みなに厳命しております。書物の書写がすみしだいではありますが、十日ほどで帰りの船を出せるかと」

十日。思っていたよりも早い。国に帰れると思ったら心が躍って、自然と声が上ずった。

「ありがとうございます。さまざまお気を配っていただき恐縮の限りです。まだお身体も万全ではございませんでしょうに」

「とんでもありません」と鹿青は微笑んだ。「おかげさまですっかり正気を取りもどしました。身体は元どおりとも言いがたいですが、『的』ゆえ死にもしませんから、そのうち戻りましょう」

ですが、とその表情は曇る。

「我が身と異なり、枯れた百合は戻りません。我が失態が招いた犠牲も同じく。すべてはわたしの過ちと弱さゆえのことでございます」

鹿青は言ったきり唇を噛みしめた。この王太子は心から責任を感じている。

綾芽はしばし黙りこみ、それから静かに告げた。

「どうかお気になさいませんように。どちらにせよ我が国は、なにかを失わねばならなかったのです。もし隠来がはじめから兜坂を陥れようとしていれば、それこそわたくしどもには為す術がありませんでした」

兜坂にとってはある意味、やってきたのが羅覇でよかったのだ。隠来であったら、足掻く暇もなく破滅していた。あの男はけっして二藍を助けてくれなかった。

それに。

「兜坂は苦しい犠牲を払いましたが、なにもみな無駄死にしたわけではありません」

今この状況は最善ではないかもしれない。だが、死んでいった者が命を賭して拓いた道が無に帰したわけでもない。那緒たちが生きた意味はあったのだ。那緒たちがいたからこそ、兜坂は今も抗えている。耐えている。だったらもう、それでいい。

「ただ、鹿青さまにお尋ねしたい儀もございます」

やんわりと続けた綾芽に、はい、と鹿青は承知したようにうなずいた。

「我が国がなぜ隠来などという男を受けいれ、わたしが心術をかけられるに至ったのか、お話しせねばなりません」

そうだ。そもそもなぜ八杷島とその王太子が、隠来なる男に陥れられることを許したのか。それを知らねば綾芽は国に戻れない。鹿青を責めたてるためではなく、兜坂を守りきるために鹿青の経験を糧にせねばならないのだ。

それに綾芽は、ひそかに疑問に思ってもいた。聞いていた話では、鹿青は隠来を重用する一方で、つねにそばにおいていた羅覇を遠ざけた。それに悲しみ憤った羅覇が目を離した隙に、心術をかけられたという話だった。

だが知恵深き国の王太子ともあろう人が不用意に、他国の神ゆらぎに心術を通されるほど心を許すだろうか。そもそも鹿青は本当に、己が見いだし慈しんできた羅覇ではなく、隠来を選んだのだろうか。この王太子は、己の一の祭官をどのように思っているのだ。

端に控える羅覇も真相を聞かされていないのか、そもそも尋ねる勇気もないのか、横顔は緊張を帯びている。綾芽は羅覇のためにもわけを知りたかった。

「隠来なる男はもともと、玉央から親交のため遣わされた使者でした」

　鹿青は器を持った手を膝に置き、静かに語りだした。

「しかしかの男は帰国せず、我が国に居着きました。国には戻りたくないのだと申しておりました」

　玉央の神ゆらぎは、皇帝の命ならば、どのような理不尽であろうと従うよう心術で強いられている。諫言も反乱も、自死すら許されない。

　それに疲れた――と嘆いていたという。

「我らはあの男を、客人として迎えいれました。玉央の神ゆらぎの厳しい立場はよく知っておりましたし、表向きには人当たりがよい男でありましたから。もっとも……羅覇ははじめから、あの者が我らを陥れるべくやってきたのではと疑っておりました」

　強ばった面持ちで控えている羅覇に、鹿青は寂しい笑みを向けた。

「わたしは羅覇の疑念を軽んじておりました。数百年にもわたって音沙汰のなかった号令神の訪れが近づいているとは思いもよらず、浅はかにも玉央が謀を仕掛けてくるはずもないと考えていたのです」

　近年の玉央国は、西の銀台大島との争いに兵力も神祇の力も大きく割かれている。とても八杷島や兜坂のような東方の小国に注力できる状況ではなく、東の海の要衝たる八杷島と手を結びこそすれ、陥れる余裕も暇もなかった。

　号令神の前触れたる『的』が玉央に現れ、どこかの国の『的』をさきに破滅させる必要が生じるまでは。

「しかし刻が経つにつれ、羅覇の言い分が正しいのではと思うようになりました」

「なにゆえです」

「かの男はわたしに、ことあるごとに『同じ神ゆらぎであるから』と申しました。同じゆえに心がわかる。苦しみに寄り添える。他の者とは――羅覇とは違う。そのようにささやきわたしの歓心を買おうとしました」

　初耳だったのか、羅覇の表情が切なく歪む。

「わたしは、己が神ゆらぎとしては恵まれた生まれであると重々承知しております。八杷島においては、神ゆらぎこそ王権を継ぐ者とみなされるのですから。それでも孤独を感じないわけではなく、ゆえに隠来のささやきは心地よいものでした。ですが――ある日、はたと気づいたのです。隠来は、あまりにわたしの心に寄り添いすぎている」

　鹿青は長い指を自分の左胸に当て、綾芽を見つめた。

「殿下よりいただいた文が、わたしの眼をひらいてくれました」

「殿下とは……二藍さまのことですね」

「仰るとおりです。当時わたしは遣八杷島使を介して、二藍さまと文のやりとりをいたしておりました。その文がちょうど届き、その美しい手跡を目にしたとたんに気づかされたのです」

鹿青は思い出すように、梢のあいだからさしこむ月光を仰いだ。

「殿下は、隠来とは正反対であられた。傷の舐め合いをされなかった。なんと申しますか、あくまで――そう、あくまで人として文を交わしてくださった」

人として。

二藍らしいと綾芽は思った。『鹿青と同じ』に誰より縋りたかったのは二藍なのだ。だが二藍は、そこに救いは見いださなかった。どんなときも人として生きる道を切望していた。それが文にも表れていた。

だが隠来は違った。『我らは国は違えど同じ神ゆらぎ。ゆえにおそばに仕える誰よりも、あなたの心を知れるのです』。そんな甘言をささやき鹿青に近づいた。籠絡しようとした。

それで鹿青は気づいた。これは、なにかがおかしいと。

「ゆえにわたしは、隠来を問いつめようとしたのです」

ひそかに、わずかな護衛の兵だけを引きつれて、隠来の真意を問いただそうとした。武力で脅しても効かぬなら、心術で口を割らせる覚悟をもって臨んだのだ。神ゆらぎである王太子として、その力を国のために振るおうとした。

だが結局、鹿青は負けた。守られ育った幸福な神ゆらぎである鹿青が、道具として散々酷使されてきた隠来に心術勝負で勝てるわけがなかった。

鹿青の心術は退けられ、連れていた手勢は隠来の心術で同士討ちさせられた。ひとり残され、心術を打ち破られ疲弊していた鹿青にもはや隠来の心術を拒絶する余地はなく、隠来は目的を達する好機を見逃さなかった。隠来は、抵抗する鹿青の心を屈服させ、破滅を望む心術を通した。さらには念押しのように葬玉で、はじめの術が破られたときに効きはじめる心術をも仕掛けていった。

そうして鹿青は神と化す一歩手前まで追いつめられた。必死に助けようとした羅覇たちも、鹿青を眠らせて骨宮に隠すことしかできなかった。八杷島は、鹿青が一線を越えてしまうまえに他国を陥れるより他なくなり、羅覇を兜坂に遣わして、兜坂の『的』――二藍を破滅させようと画策した。

「なぜ、わたくしに相談してくださらなかったのです」

羅覇がぽつりとつぶやいた。

「なぜ祭官のひとりも連れず、隠来を尋問されようとしたのです。打ち明けてくださっていれば、わたしはけっしておそばを離れませんでした。助力できたはずでした」

「今さらなにを言っても言い訳だが」と鹿青はうなだれた。「お前に迷惑をかけたくなかった。隠来への嫌疑が思い過ごしであったならば、玉央からの厳しい非難は免れない」

隠来は皇族だ。それにありもしない疑念をかけたと知られれば、八杷島のような小国はたちまち窮地に陥る。すくなくとも、玉央に対してすみやかに謝罪の意を表さねばならなくなる。つまりは、最初に隠来を疑った羅覇の首をさしだすことになる。

鹿青はもしものときのため、羅覇に累が及ばないよう遠ざけたのだ。

それでも羅覇は納得できないようだった。

「そのようなお言葉は、聞きたくございませんでした」

声が震える。羅覇の心は抉られている。

「わたくしはなんのためにおそばにいるのです。守られるとはもってのほか、知恵を捧げ、危機に際してお支えできませんのなら、わたくしが一の祭官である意味はございません」

そうだな、と鹿青は肩を落とす。

「わたしは驕っていたのだ。お前はまだ若く、守ってやらねばならぬと思いこんでいた。真に必要だったのは己の祭官を信じ、ともに戦う決意だったのだ。今ようやくそれを心より悟った。もはや、遅きに失したが」

うなだれたままの鹿青を、羅覇は苦しそうに見つめている。胸に言葉を溜めこんで、動けずにいる。

だからその背を押すように、綾芽は言った。

「いいえ、遅くはございません。そうだろう、羅覇」

羅覇が顔をあげて綾芽を見た。ほしかった言葉を得たような、許しを請うような瞳に綾芽はうなずく。そうだ、羅覇がしたいようにすればいい。

羅覇は鹿青に駆け寄った。ひざまずき、鹿青の垂れた手を握り、八杷島の言葉で訴える。懸命に言葉を紡ぐ羅覇がなにを告げているのか、綾芽にはわからない。だが察することはできる。これまでの羅覇を見てきたからこそ、綾芽と羅覇は同じだからこそ。

すこしずつ、鹿青の表情が変わってゆく。目が潤んでゆく。

やがて羅覇は言葉を切り、鹿青の返答を待った。

鹿青が唇を震わせ応えると、ふたりの表情はやわらかく崩れた。

満月はいつしか木々の頂を越え、空に高くのぼっている。

「兎にも角にも、兜坂国にはたいへんご迷惑をおかけいたしました」

二杯目の茶を綾芽が飲み干すと、鹿青は茶器を片づけるよう羅覇に合図した。

「ことにさきの春宮殿下やその妃殿下、そして、二藍殿下には――」

言いかけた口を一度つぐんで、ささやくように尋ねる。「……二藍さまは、お元気でいらっしゃいますか」

「羅覇が神気を払ってくれましたので、ご壮健であらせられるはずです」

綾芽は努めて穏やかに答えた。そうであってほしい。

すると鹿青は座り直し、意を決したように深く頭を垂れて言った。

「妃殿下にお願いがございます。あなたさまはさきほど謝罪は受けとれないと仰いましたが、せめて二藍さまへはこの口からお謝りしたいのです。許していただけますか」

「わたしは構いませんが――」

綾芽は困惑した。

鹿青との文のやりとりを二藍は大切にしていただろうし、なによりふたりは同じさだめを背負った者同士だから、謝罪云々はおいても話ができれば二藍だって嬉しく思うはずだ。だが鹿青が、自分の口で直に二藍と言葉を交わせるわけがない。まさかはるばる斎庭まで赴くつもりでもないだろうに。

と、綾芽の戸惑いを察したのか、鹿青は言った。

「疑問に思われるのはもっともです。わたしは国を動けない。ゆえに二藍さまにお目にかかるなど、常ならば夢物語ではあります。ですが」

鹿青は小さな香炉を取りだした。それに小指のさきほどの木片を入れて火をつけると、綾芽にさしだした。

「我らには祭祀がございます」

月夜を煮つめたような濃い香りが広がる。どこぞで嗅いだことがあるなと考えて、綾芽は、あ、と思い出した。

――この香りは、砂嘴無の香だ。

先日、十櫛が二藍のために薫いてくれた、八杷島の王族に伝わる秘宝の香木ではないか。そんな貴重な品を薫いたりして、鹿青はいったいなにをしようというのだろう。

「奥の室でご説明いたします。ご一緒いただけますか」

と鹿青は煙をのぼらせる香炉を携え、綾芽を奥へと誘った。腰の高さほどしかない戸口をくぐれば、ひとまわり小さな室があった。質素な木組みの柱が剝きだしで、開け放たれた三方から夜の風が涼しく抜けていく。さきほどの室のような豪奢な舶来の品はひとつもないどころか、灯火すら用意されていない。

だがあまりの眩しさに、綾芽は目を細めた。

質素な室の中央には、大きな円鏡が鎮座している。その鏡へ、皓々と照る望月が銀の光を注いでいる。その輝きが、あたかも月を室のうちに招いたかのごとく周囲を明るく染めあげているのだ。

　鹿青は、鏡の正面に座るよう綾芽に促した。

「砂嘴無の香が我らの秘宝なのは、なにも珍しいからだけではないのです。この香は、世にも稀なる祭祀に欠かせぬもの」

　言われたとおりに腰をおろし、綾芽は鏡をまじまじと見やる。こんな大きな鏡は初めてだ。磨き抜かれた鏡面に、己の上半身が明々と映っている。

「これから我が命において、羅覇がとある神へ祭祀を捧げます。言うより見るが易しですので、まずはご覧に入れましょう」

　鹿青は綾芽の隣に座し、鏡の前へ香炉を置いた。心地よい香りが鏡をとりまいてゆく。室の端で羅覇が祭文を唱えだす。八杷島の歌うような言葉の節が、砂嘴無の香と混ざり合って室に満ちる。

　満ちるごとに、鏡に映る綾芽と鹿青の姿がぼやけていく。ゆるやかに立ちのぼり続ける香炉の煙のせいだろうか——と考えていた綾芽は目を丸くした。

　いや違う、煙のせいではない。鏡に映った景色そのものが霞んでゆく。鏡面にさしこんだ月光に吸いこまれつつあるのだ。

（……神の御業か）

目に見えなくとも、この室にはすでに神が降りている。鏡のうちに神がいる。その神は、月光の橋を伝って鏡に降りたった。そしてその橋から、鏡に映った綾芽と鹿青の姿を持ち去っている。この橋が繋がるどこかのさきへ渡している。

「どのような神を招かれているのです。月の神ですか。それとも橋の神、鏡の神……」

見当もつかないでいると、どれでもありません、と鹿青は目を細めた。

「光に似た何者かだと言われておりますが、正直なところ、我らにもよくわかっておらぬのです。我らは『姿見せぬ神』と呼び祀っております」

「……名も知らぬ神を招いているのですか」

「ええ。名を知らずとも、そこに神がおわすとさえ知っていれば祭祀は行えます。完璧な祭祀ではなくとも、人にとっての益は得られます。兜坂国でも同じでございましょう」

綾芽はうなずいた。

そのとおりだ。斎庭は、つねに神を理解しようと努めている。もちろんそれは神を敬う心の表れなどではなく、すこしでも人にとっての益を引き寄せるためである。斎庭の祭祀とは、神ではなく、人のためにこそ行われる。

だから突きつめれば、目の前にいるのがどのような神かは詳しく知らずとも構わない。その神を招きもてなす方法がわかっていて、招くことによって起こる出来事を便利に使いこなせるのなら充分だ。

八杷島でも同じなのだろう。今この場には、確かに神が招かれている。見えずとも、名が知れずとも、実際どのような態を司るのかすらはっきりせずとも、鹿青はその神を用いて、綾芽になにごとかを見せてくれようとしている。

しかしそれは、いったいなんなのだろうか。

知恵多き八杷島の神招きだから、驚くべきものに違いない、と大抵のことには動じないつもりで構えていた綾芽だったが、それでも「さあ、ご覧くださいませ」と鹿青に鏡を示されると声を失った。

いつのまにか、円鏡から綾芽と鹿青の姿はすっかり消えている。

代わりに綾芽でも鹿青でもないひとりの影がある。

男だ。

海色の瞳を持つ、覚えのある背格好の――

「おお、見えた。そこに座すのは綾芽だな。元気そうで安心した」

弾んだ声が響いて、綾芽は呆けたように口をひらいた。

見誤りようもない。鏡に映っているのは、海を隔てた兜坂の斎庭にいるはずの十櫛ではないか。

「……これは、幻か？」

「幻だが、幻ではないよ」

鹿青にちらと目をやってから、鏡の向こうの十櫛は微笑した。「今お前は、砂嘴無の香を薫きしめた鏡の前に座っているだろう？　実はわたしも斎庭にて、まったく同じように香を薫いた鏡の前にいるのだよ」

十櫛はそう言って、鏡の向こうで香炉を持ちあげてみせる。

綾芽は、驚きのあまり声が出なかった。穏やかな口調も朗らかな笑みも、綾芽の知っている十櫛そのものだ。それが、目の前に座っているかのように話しかけてくる。

「待って、待ってください。そこにいらっしゃるのは本物の十櫛さまなのですか？」

「そのとおりだよ。久方ぶりだな」

「いったいどうして、どうやって」

「綾芽さま、これが『姿見せぬ神』の祭礼にて我らが得るものなのです」

戸惑うばかりの綾芽にそう告げたのは、隣に座る鹿青だった。「この祭礼で『姿見せぬ神』をもてなせば、我らははるか離れた地にいる者の姿を見、言葉を交わせるようになるのですよ」

「離れた地の……。待ってください、どのような理屈なのですか」

「まず理屈が気になるとは、さすが神祇に携わる御方ですね」と鹿青は笑う。「実は今、八杷島と兜坂の斎庭では、『姿見せぬ神』を同時にお招き申しているのです」

「同じ神を、同じ刻に招いているのですか？　しかし神は、どこぞに招かれているあいだは他の招きに応じられませんでしょう。身体がふたつあるわけではないのですから」

　同時にふたつの場所に招かれるなど、いかな神でも不可能なはずだ。かつて、雨を降らせる黄の龍神がいつになっても斎庭を訪れず、旱害が発生したことがあった。黄の竜神を玉央が長く自国に留め置いたから、どうやっても兜坂に勧請できなかったのだ。

「仰せのとおりです。神は同じ刻、ふたつの場所にはおれません」

「それでは――」

「ゆえにこの神も正確には、我らの前におわすときは、兜坂にはいらっしゃられない」

「……どういうことでしょう」

「この神はあまりに足が速いゆえ、人が瞬きするほどのわずかな間に兜坂と八杷島を行き来できるのです。今このときも砂嘴無の香りに惹かれ、月光の橋を渡って、こちらと斎庭にあるふたつの鏡を目にも留まらぬ速さで行き来されております。それが我らには、あたかも同じ刻に神がふたつの場におわすように感じられるのです」

　そんな神の足の速さを利用して、八杷島はこの祭祀を生みだしたのだと鹿青は語った。

　同時にふたつの場所から招かれれば、普通の神はどちらかにしか降りない。だがこの『姿見せぬ神』は、同じ月を眺める二箇所が同時に砂嘴無の香を薫けば、どちらの祭祀にも招かれようとして、月光を伝い、ふたつの鏡を目にも留まらぬ速さで行き来する。

「その際にこの神は、己以外も道連れにしていってしまうのです」

　砂嘴無の香をあまりに好むあまり、もう一方の鏡に移るときに煙も持ってゆこうとする。その際、鏡に映ったものの姿や声まで煙と一緒に持ち去ってしまうのだという。

「……それでふたつの鏡を前にした者が互いの姿を見、声を聞けるのですか。今わたしが十櫛さまとお話しできているように」

「そのとおり」と十櫛は笑顔で返した。

「便利なものだろう？　もっともこの術は、誰もが一生に一度しか執り行えない。我らの姿や声まで連れていってしまうのは、『姿見せぬ神』にとっては失態だ。同じ者の前で神は二度と間違いを犯さないものだ」

「では十櫛さまも、このように八杷島の方とお話しされるのは初めてなのですね」

「そうなのだよ」

　綾芽が八杷島に発ったあと、鹿青や綾芽と言葉を交わすために、十櫛は夜ごとに砂嘴無の香を薫いていたのだという。それを羅覇から聞き知って、鹿青は綾芽を誘った。一生で一度の祭礼を、今ここで執り行うと決めたのだ。

　ようやく綾芽は、目の前の信じがたい光景を呑みこめてきた。

「では、そこにいらっしゃるのは確かに本物の十櫛さま。背後に映っているのも、本物の斎庭なのですね」

「そのとおり。ここはお前の祖国だよ」

　存分に見るとよいよ、と十櫛は笑って、綾芽に景色が見えるよう、身体をすこしずらしてくれた。十櫛の背後には、御簾のおりた母屋が映っている。鏡越しだからぼんやりとしているが、それでも間違いない。懐かしい斎庭の光景だ。綾芽の祖国だ。

　目を潤ませていると、十櫛は背後の御簾の向こうに思わせぶりな笑みを向けてから、再びこちらに向きなおった。綾芽の隣に座した鹿青にようやく顔を向けて、どこか緊張した声音で呼びかけた。

「……妃殿下にご納得いただけましたので、あらためて。そちらは鹿青さまですね。十櫛でございます、お初にお目にかかります」

「いかにもお前の姉だよ、十櫛」

　と鹿青はやさしい声で応じる。

「あんなに小さかったややこが、ずいぶんとよい男に育ったのだな」

「滅相もございません、わたしはなにも為せぬ──」

「羅覇から聞いたよ。お前がこの道を拓いてくれたのだな。わたしを恐ろしい軛から救いだしてくれた。ありがとう、会いたかったよ、我が弟よ」

十櫛は瞬いて、珍しく視線を惑わせた。やがて噛みしめるように頭をさげる。

「わたしもお会いしとうございました、姉君。ですが道を拓かれたのはわたしではない。そちらにおられる兜坂の春宮妃さまです」

「無論、妃殿下には大きな、返しきれないほどの恩がある。兜坂国にも同様だ」

けれど、と鹿青は、鏡の中の十櫛に触れようとするかのごとく手を伸ばした。

「お前もまた為したのだよ。祖国とわたしを見捨てないでくれて感謝する。お前のような立派な弟を持てて幸せだ。母王も、心より誇りに思ってくださるだろう」

「もったいないお言葉を」

「もったいなくあるものか。今まで我らは、なにひとつお前に与えてやれなかった。だが兜坂の大君にお願い申しあげて、お前の献身になんとしてでも報いるようにする。姉として、八杷島の王太子としての約束だ」

十櫛は目をみはり、鏡のこちらの姉を見つめる。やがて唇を噛みしめて、ただただ頭を垂れた。

（十櫛さま、よかったな）

　胸がいっぱいになってしまって、綾芽も握った両手に目を落とした。誰にも信頼されず、孤独で寄る辺のなかった十櫛の人生は、ここに至ってとうとう報われたのだ。

「それで――」

　ほどなく鏡の中の十櫛は、いつもの微笑みを取りもどして尋ねた。

「このように綾芽と姉君がおふたり揃っていらっしゃるということは、無事、姉君の心術は払われたのですね」

「ありがたいことに」と鹿青は、袖を合わせた八杷島式の礼を綾芽に向ける。

「なるほど、さすがのご活躍だ」

　十櫛にまでおおげさに頭をさげられて、綾芽はうろたえた。

「いえ、わたしはただ、がむしゃらに進んだだけなのです」

　うまくいったのはたまさかだ。綾芽はいつでも、どうにかすこしでも前に進もうともがいているにすぎない。綾芽が最後の仕上げを為せばよいところまで、あらかじめお膳立てをしてくれる周囲の人々こそが、真に称えられるべきなのだ。

「謙虚でいらっしゃるな。しかし綾芽さまのご尽力に我らが救われたのは相違ない。心術のみならず、わたしに心術をかけた憎き玉央の神ゆらぎも討ってくださった」

「なんと、隠来までをも成敗されたのですか。……まこと、さすがのご活躍」

十櫛は、今度は心底感じいったようにつぶやいた。

「それはなんともめでたい知らせです。なにせあの者は八杷島を陥れ、姉君が破滅するようさしむけた。そして羅覇が兜坂に渡れば、間諜に羅覇と兜坂を監視させていた。隠来自身はどこにいるのかと思っておりましたが、再び八杷島に戻っていたのですね」

「秋口に戻ってきたと聞いている。羅覇の企みがなかなか成らぬのを見て、次の一手を講じていたのかもしれぬな。あれは用意周到で、幾重にも罠を仕掛ける男であったから」

「しかしこれでひとまず、脅威は遠のいたのですね」

「そうなるだろう。我が身を縛った心術は解け、隠来は死した。そして――」

と鹿青は片衿を大きくはだけて、己の肩をさらけだした。

「わたしが押しつけられていた白羽の矢もこのとおり、消え失せたようだ」

鹿青の言葉どおり、首筋から肩に向かって走っていた鞭打ちの痕のような『矢』は、影も形もなく失せている。

「ただこれは、手放しで喜べることでもない。我が身から矢が失せたのならば、他の『的』の誰ぞが代わりに押しつけられるわけなのだから」

鹿青は衿を直し、思いつめたように鏡へ身を乗りだした。

「十櫛よ。お前は兜坂の春宮殿下の御身を診せていただいているのだろう？　あの御方は大事ないか。もし矢を負われておられたならわたしは――」

「ご心配召されますな、鹿青さま。わたしの身体にも白羽の矢は現れておりませんよ」

十櫛の背後、御簾の向こうから懐かしい声が響く。

とたんに綾芽の胸は波うった。

――これは、この声は。

御簾が揺れて、声の主が姿を現す。濃紫の袍が月明かりに深く映える。微笑みをたたえて鏡の前に立つ。

綾芽は目を潤ませてつぶやいた。

「……二藍」

鏡の向こうにいるのは紛れもない、綾芽の会いたくてたまらないひとだった。

二藍は鹿青の言葉に応じて現れたから、綾芽に特別言葉はかけなかった。だが十櫛の隣に座すときに、一瞬の笑みを向けてくれた。声もなく、鏡越しで姿もぼやける。だが目と目が合ったとたん、綾芽は二藍がなにを言いたいのかも、なにを思っているのかも理解した。そして自分が、長く気を張って無理をしていたのだと初めて気がついた。

怖くて不安で、心細かったのだ。そういう弱さに背を向けて、がむしゃらに進んできた数カ月だった。

二藍の微笑みは、そんな綾芽の気負いも恐れもみなわかっていると告げていた。よく頑張ったと労って(ねぎら)いた。

綾芽はなんとか笑みを返して、それから唇を噛んでうつむいた。本当は、今すぐ鏡にかぶりついて二藍と話をしたい。だが綾芽は春宮妃で、今は他国の王太子との会見の場なのだから、我慢しなければならない。

いじらしい綾芽の姿にかすかに目を細めてから、二藍は鹿青に向きなおった。突然現れた二藍に驚いていた鹿青も、思いなおしたように口元に力を入れる。

「兜坂国の春宮殿下、二藍さまであらせられますね」

「いかにも。文の上では幾度も言葉を交わさせていただいたものの、お初にお目にかかります、王太子鹿青さま」

二藍が答えるや、鹿青はがばりとひれ伏した。

「謝罪は受けとれないとのご意向は承知しております。ですがどうか、文を交わす間柄であった者としてけじめをつけさせてくださいませ。我が国が御身と御国に働いた狼藉(ろうぜき)は、到底許されるものではございません。すべては我が不徳と油断が招いたこと。号令神が去った暁(あかつき)には、わたくしめがいかようにも責めを受けます。どうか我が弟と、我が祭官にご温情を。伏してお願い申しあげます」

　額ずいた鹿青を、綾芽は驚きの目で見つめた。鹿青は二藍に謝罪したいと言っていた。だがそれは自分のためではなく、十櫛と羅覇の命乞いのためだったのか。

「鹿青さま、お顔をおあげください」

　二藍は苦笑のような声を漏らした。

「我が妻が確かに伝えたと存じますが、今一度お伝えいたします。我らは確かに、あなたさまの国によって忘れることの叶わぬ痛みを被りました。ですが今となれば、我らは互いを救い合った間柄。あなたさまの祭官はわたしを破滅の手前まで追いつめましたが、救いもした。弟君も同様です。その一点をもって、我らがふたりを裁くことはございません」

「ならばこの鹿青をお裁きくださいませ。『的』ではなくなった暁に、この首をお受けとりくださいませ」

「大君はそのような面倒はお抱えにならないかと。わたしに至ってはなおさらです」

「ですがわたしは、十櫛や羅覇とは異なります。御身にも御国にも、なにもしてさしあげられておりません。ただ救われたに過ぎないのです。せめてなにかお返ししなければ」

「ご謙遜が過ぎる。わたしは文の上で、あなたさまに幾度も救っていただきましたよ」

　と二藍は笑みを深めた。

「それに、これより救っていただくことでしょう。あなたがたが我らと約定を結んでくださるなら、そして我が妻を無事に返していただけるなら、わたしはあなたさまの首よりなにより嬉しく存じます」

鹿青は口を引き結んだ。それから、「お約束いたします」と声を張った。

「大君のお言葉は、春宮妃さまから確かに賜りました。喜んで御国と約定を結びましょう。書写させている巻子の用意ができしだい、我らが船を兜坂の地へお送り申しあげます。祭祀をもって、春宮妃さまができるかぎり早く帰京できるようにもいたしましょう」

「ありがたい」

二藍はうなずいて、堅苦しい話は終わりと言わんばかりに笑みを浮かべた。

それから二藍と鹿青はしばし、互いの近況や国の状況などについて言葉を交わした。綾芽はその会話から兜坂の現状を知って、胸をなでおろした。二藍も国も、今は落ち着いているようだ。都には玉央の間諜がはびこっていたが一掃されたという。

二藍と十櫛は、綾芽が外の海へ出た日から、夜ごとに砂嘴無の香を薫いていたそうだ。いつ八杷島が祭祀を行うかわからない。それで毎夜ひたすら鏡の前で、反応が返ってくるのを待っていたらしい。

「毎夜お待ちくださっていたのですね。ご面倒をおかけいたしました」と鹿青が恐縮すると、「いいえまったく」と二藍は朗らかに答えた。

「この『姿見せぬ神』は、光のごとくありながら、しかし光ではないと聞きました。わたしはそのような神を初めて知りましたゆえ、どのような態を司るのかと考えるのが楽しゅうございました。退屈する暇などすこしもございませんでしたよ」

二藍は気を遣ってそう言っているわけではなく、本当にこの祭祀をおもしろがっている。それがわかって、綾芽は嬉しくて仕方なかった。これはいつもどおりの二藍だ。二藍は、身を蝕んでいた絶望に打ち勝ったのだ。

やがて月が傾いてきた。この祭祀に残された時間もあとわずかと誰もが悟ったころ、「せっかくなのですから」と二藍は、今まで兜坂の言葉を用い続けていた鹿青と十櫛に、祖国の言葉で会話をするよう勧めた。

「次にお言葉を交わせるのがいつになるのかわからないのですから、為せるうちに祖国の言葉でお話しされるがよろしいかと存じますよ」

「ですが――」

「ご心配なさらず。わたしも八杷島の言葉には少々覚えがございます。あなたがたが謀を企てようとなさっても筒抜けになりましょう」

冗談めいた一言に、遠慮していた鹿青はようやく二藍の申し出を受けた。

たゆたう波のようにやわらかに、八杷島の言葉が鏡越しに交わされる。この祭祀を執り行えるのは一生に一度。十櫛と鹿青はいつかどころか、もう二度とこうして言葉を交わせないかもしれない。互いにそう悟っているからこそ、思いの丈を祖国の言葉に乗せて伝え合っている。

兜坂の春宮妃としての綾芽は、ふたりの再会を願う立場にない。だが綾芽は、それでもいつかこの姉弟が真に会える日が来るようにと祈った。

ふたりの話に一段落がつくと、二藍は自らも八杷島語を流暢に操り会話に加わった。

(なにを話しているんだ?)

それまでは姉弟の会話だからと内容を気にもしなかった綾芽だが、二藍までが会話に参加するとなるとすこし気になった。それに、さきほどまでとは場の雰囲気も変わっている。穏やかな表情が変わらないのは二藍だけで、十櫛はなんともいえない苦い顔をしているし、鹿青も、傍らに控える羅覇も、明らかに表情を硬くしている。

二藍はなにを話しているのだろう。綾芽には聞かせたくない厳しい非難を、八杷島の言葉で告げたのだろうか。そういうふうにも見えないが。

結局わからないまま話は終わった。細く息を吐いた鹿青は、「さて」と元どおりの笑顔をつくり、再び兜坂の言葉で告げた。

「そろそろ砂嘴無の香も尽きるようです。名残惜しいですが、ここで我らはお暇いたしましょう。二藍殿下、ご温情に深く感謝いたします。あなたさまとこうして言葉を交わせて、本当によかった」

「わたしも同じ思いでございますよ」と二藍は目を細めた。「一度でもお会いできたらと長らく願っておりました。必ずこの災厄を退けて生き延び、ともに幸多き生をまっとうできるよう祈っております」

「ええ、必ず。御身と御国が末永く繁栄いたしますように」

別れの言葉を互いに交わすと、鹿青と十櫛は目配せし合って鏡の前を離れてゆく。

——もうおしまいか。

綾芽も寂しさを押し隠し、鹿青に続いた。二藍と一言でも言葉を交わせればよかったが、生き別れの十櫛と鹿青のことを思えば贅沢は言えないのだ。

と、

「綾芽さまはそのままで」

と鹿青にやんわり押しとどめられた。え、と見あげれば、にこやかな視線が降ってくる。

「砂嘴無の香は、あと幾ばくかは持ちましょう。我らはさきに退出いたしますので、どうか煙が尽きるまで、こちらでお過ごしになりますように」

どういうことだと綾芽は瞬いて、それからはっと鏡の向こうに目をやった。二藍は、まだそこに座っている。

鹿青は、綾芽と二藍にふたりのための刻を与えてくれると言っているのだ。

「よいのですか？　ですが――」

「余計な話をしている暇はないのよ、綾芽。ぐずぐずしているうちに香木は燃え尽きるんだから」

鹿青に従い腰をあげた羅覇が、呆れたように言い残して室を出ていった。鹿青も、鏡の向こうの十櫛も、笑って去ってゆく。

綾芽はどうしていいかわからず身を固くした。それからそっと、白い煙がくゆるほうへ振り返った。

鏡は変わらず月の光を受けて銀色に輝いている。

なにから言えばいいかわからない。言葉を見つけては失っていると、二藍が冗談めかして問いかけてきた。

「どうした、わたしの顔を見たら感極まって、声も出ぬか？」

「……やだな、そんなのじゃないよ」

実際には感極まっていたが、綾芽はなんとか笑い飛ばした。そうだ、泣くのは今度にしよう。国に帰って、二藍の本当の声を聞き、腕のぬくもりを感じたときにしよう。

顔をあげ、明るく呼びかける。

「久しぶりだな、二藍。元気だったか？　身体はなんともないか。またしようもないことを考えたりはしていないだろうな」

「おかげさまでな」と二藍は苦笑した。「神気も抑えられているし、みなを困らせるようなとんでもないこともしでかしてはいない。おとなしくお前の帰りを待っている」

「白羽の矢も現れてないいってさっき言ってたけど、ほんとにないな？」

「お前の目で確認するか？」

と二藍は笑って左の袖をめくった。その腕はすっきりと綺麗で、矢じりが刺さったような痕もなく、綾芽は胸をなでおろす。なでおろしたとたんに思い出した。そもそも矢を得たならば目が赤くなり、言葉がすべて心術に変わってしまう。二藍の目は黒いし、言葉を交わそうとも誰もなんともなかったではないか。

つまり、二藍は免れたのだ。

「……よかった」

思わず胸を押さえて大きく息を吐きだすと、二藍は「そういうお前こそ」と身を乗りだした。

だろう」

「身体を壊したり病に侵されたりはしていないだろうな。旅路にはさまざま苦労があった

「全然大丈夫だったよ。紡水門の郡領さまも、羅覇の船の人々もよくしてくれた。鹿青さまの心術も、つつがなくお解きすることができた」

「つつがない？　頬に傷があるではないか」

二藍は眉をひそめて、自分の頬を指で叩いてみせる。そうだった、と綾芽は急いで頬に手をやった。羅覇の振るった刃が掠った傷を忘れていた。

「また無茶をしたのだな」

「うん、まあ……ちょっと、鹿青さまの心術を解くのに苦戦したんだ。でも大丈夫！　痕は残らないっていうし、それに痛いことなんてこのくらいしかなかった」

「玉央の神ゆらぎともやり合ったと聞いたが」

「稲縄さまが助けてくださって、なんとかなった。ぴんぴんしてるよ、ほら」

と両手をおおげさにあげさげしてみせると、胡乱げな顔をしていた二藍もようやく目元を緩めた。

「確かに変わりないようだな。ならばよい。ようやく安心できた」

「なんだ、気を揉んでいたのか？　ひとめ見れば元気だってわかっただろう？」

「お前の口から聞きたかったのだ。無理をしているだけかもしれぬからな」

「やせ我慢なんてしないよ。あなたじゃないんだからな」

「どうだか」と二藍は笑ってから、ふいにやさしい顔をした。

「お前にばかり背負わせて、つらい旅路を強いて悪かった。だがお前ならば必ず成し遂げてくれると信じていた。さすがは我が友、我が妻だ。よく頑張った」

その声が心の奥深くを揺らして、綾芽は息を呑み、唇を嚙んだ。

鏡越しでも二藍にはわかってしまうのだ。綾芽がどれだけ気を張って、失敗できないと思いつめていたのか。この異国の地で心細いか。愛しいひとからの真心ある労りの一言を望んでいたか。

「……二藍」

綾芽はぽつりと声を落とした。

「どうした」

「わたし、人を殺したよ。玉央の神ゆらぎを殺したんだ。斎庭に生きる以上、いつかはそういうことをしなきゃいけない覚悟はできていた。でも」

言葉が出てこない。今さら怖じ気づいているわけでも、後悔しているわけでもないのだ。

それでも。

「綾芽」

二藍の、深く静かな声が響く。

「お前はよくやった。お前はみなのために働き、その手でみなを救ったのだ。ゆえにうつむく必要はない。胸を張ってよい」

「……うん」

「だが――理屈ではどうにもならぬ洞(うろ)が心にあいたというなら、無理に胸を張らずともよいのだよ。うつむかずにすむまで、その洞はわたしが埋めよう。わたしのすべてをもって癒(い)やそう」

我慢できると思っていたのにだめだった。瞳の奥が熱くなって、涙が頬を伝ってゆく。嬉しい。それでいて、鏡越しの言葉では満足できない。今すぐ帰りたい。帰って二藍を抱きしめたい。抱きしめてほしい。

月影の橋を行き来する名もなき神が、今すぐわたしを連れ帰ってくれればいいのに。

「戻ってきたらいくらでも抱きしめよう。だからもうすこしだけ辛抱(しんぼう)してくれ」

なにもかも悟った励ましの声に背を押され、綾芽は目元を拭(ぬぐ)って笑みをつくった。

「わかった、頑張る」

二藍は、わたしの望みも弱さも知っている。そう思うだけで胸は軽くなる。

「今の季節は風向きが悪いから、普通は帰国に難儀するだろう？　でも祭祀で風を操るから、すぐに兜坂に戻れるようにしてくれるって。新緑の季節は終わっちゃうだろうけど、霖(ながあめ)のころには戻れると思う」

「それはいい。戻ってきたら、数日暇をいただいてゆっくりしよう」

「いいのか？」

「誰が文句を言うものか。お前は長らく働きづめだったから、むしろみな、すこしくらい休んでほしいと思っている。東の館に、菖蒲(あやめ)の株を植えるのだ。お前が戻るまで咲いているかはわからぬが、もし館を移るお許しをいただけたなら、ともに見にゆこう」

「菖蒲の花か」

凛(りん)と咲く紫の花を思い浮かべて、綾芽は頬を緩めた。

「楽しみだな。あの花は、ちょっとあなたに似ていると思うよ」

強き風に耐え、這(は)いつくばっても大輪(たいりん)の花を咲かせる白百合は、八杷島や羅覇、鹿青のようだと思っていた。菖蒲はまた違う美しさをもつ。空を刺すようまっすぐ伸びた茎のさきに、はっとするほど濃い紫色の花びらをやわらかに綻(ほころ)ばせる。斎庭(ゆにわ)の人々や二藍は、そちらに似ている気がする。

「なにを言う」と二藍はおかしそうだった。「あの花はお前にこそ似ているだろう」

「似てるのは名だけじゃないか」

「ならばわたしなど、袍の色が似通っているだけだな」

「じゃあいい、どっちにも似てるんだ。わたしたちは似たもの同士なんだよ」

なんだか無性に嬉しくなって、その拍子に綾芽は思い出した。

「そうだ二藍、十櫛さまから聞いたか？」

帰ったらといえば、楽しみにしていることがあったのだった。

「人になれる方法、あなたから直接教えてもらうようにと十櫛さまに言われたんだ。戻ったときの楽しみにしていたんだけど……我慢できなくて」

照れ笑いを浮かべた綾芽を見つめ、二藍はしばらく黙っていた。

やがて、「そうだな」と和やかに返した。

「十櫛王子は話してくださったよ。あの方が知りうるすべてをわたしは聞いた」

そうか、と綾芽は身を乗りだした。

「それでどうだった。為せそうな方法だったか？」

「聞いてしまえばなるほどと腑に落ちるものだった。ただびとには困難極まりないだろうが、我らにとっては為せぬものではない」

「本当か！」

　綾芽の瞳は輝いた。疲れが一気に飛んでいったような気がする。ここまで長かった。挫けそうなときも幾度もあった。ようやく辿りついたのか。

「それで――その方法とはどんなものなんだ」

　聞きたくてうずうずとしている綾芽を、二藍は笑ってなだめた。

「子細は戻ってきてから語ろう」

「え、そんな。生殺しじゃないか」

「今、お前の頭をそれでいっぱいにするわけにもいかぬ。まずは無事に帰ることだけに集中してくれ」

　でも、と言いかけて綾芽はやめた。確かに気もそぞろになっての船旅は危険だろうし、なにより香炉からのぼる煙はか細くなっている。今にも消えそうだ。

　名残は尽きないが、もう別れの刻なのだ。

「じゃあ、戻ったら絶対すぐに聞かせてくれるか？」

「そうしよう。そのためにも、どうかなにごともなく戻ってきてくれ。物申といっても人なのだ。くれぐれも己を大切にするのだぞ」

　二藍の声が、掠れて遠くなっていく。鏡に映った表情も、もうはっきりとは窺えない。

　ああ、消える――と思ったとき、慈しむような声が耳に届いた。

「お前が無事に戻ってきてくれればそれでよい。わたしは、それだけでよい――」

それを最後に、煙はあっけなく尽きていった。鏡は輝きを失い、映るのは己の顔ばかり。

望月だけが、変わらず空に白々と輝いている。

その冴えわたる月を見あげて、綾芽はつぶやいた。

「大丈夫だよ。わたしは絶対戻るから」

だから心配しないで待っていてほしい。いつでも綾芽は二藍の隣に帰っていく。どんなに離れようと、そこが唯一の居場所なのだ。

＊

綾芽の姿がかき消えても、二藍はしばらくそのまま鏡に映った己を見つめていた。

不思議な祭祀だった。海を隔てていようと、見る月は同じ。ゆえに心は通う。十櫛はそう言っていたが。

――わたしは、うまく微笑んでいられただろうか。

綾芽を心配させはしなかったか。励ましてやれていたのか。

わからない。

二藍は息をつき、空にかかる満月へと目を移した。

ひとつも嘘は言わなかった。神ゆらぎが人となる術は確かにある。そしてそれは、綾芽と二藍にとっては為せぬわけではない方法だ。二藍が決断しさえすれば、神気を永劫払える。人として生きてゆくことができる。

だからこそ。

（綾芽はきっと泣くだろう）

戻ってきて真実を知り、二藍の決意を聞いたとき、呆然として、深く悲しむだろう。苦しむだろう。

だが、二藍の心は揺らがない。

一生この斎庭で、綾芽とともに生きてゆく。そう決めたのだ。

＊

「荷はすべて積みこみました。あとは出航の祭祀を執り行っていただければ、いつでも船を出せるかと」

片膝をついて報告する夕栄に、倚子に座した鹿青は満足げにうなずいた。

二藍と鏡越しに話した夜から十日あまり。当初の予定より刻はかかったが、とうとう綾芽を乗せた船が出航する日がやってきた。

「綾芽さまが船に乗りこみしだい、祭祀を始めるよう祭官たちには命じてある。嵐の神を退けつつ、北東へ強い風を吹かせる神を招く祭祀だ。旅は安きものになるはずだが、くれぐれも油断はせず、必ず綾芽さまと祭官、そして書物を兜坂の大君に届けよ」

鹿青の頰には、この十日で血の気が戻ってきていた。まだ歩くのには難儀しているが、きっと遠からず快癒するに違いない。

「綾芽どの、まことにお世話になりました。なんとお礼を申したらよいのか」

立ちあがり謝意を示そうとする鹿青を、旅支度を調えた綾芽は急いで押しとどめた。

「たくさんお礼はいただきました。それに、兜坂と結んだ約定を重んじていただければ、それがなにより嬉しく存じます」

「我が身に代えても約定はお守りいたしましょう。こたびの船には、この祭祀島にある書物の写しはできるかぎり載せております。本島にしかない書物の写しも、すぐに兜坂にお送りできるよう手配いたします」

船には山のような書物と、大君や二藍、斎庭の人々へ対する贈り物、そして鹿青と、鹿青の母たる祭王からの親書が運びこまれた。本島にはついぞゆけなかった綾芽だが、鹿青は、なにがあったのかを祭王にだけはひそかに報告したようだった。祭王は泣いて喜んで、大君に感謝と、これからの協力を約束する親書をしたためたという。

隠来の手によって滅茶苦茶になった八杷島の宮廷が本来の形を取りもどすには、これからが正念場だろう。だが鹿青や祭王が尽力すれば明るい行く末がひらけるはずだと、綾芽は確信していた。

祭祀島に潮風が満ちる。

「名残惜しいですが、そろそろご出立なされるがよいでしょう」

と鹿青は、綾芽を促した。

「大君と二藍さま、斎庭のみなさまによろしくお伝えください。どうかお元気で」

「鹿青さまも」

十櫛の名を出さない鹿青をゆかしく思いながら、綾芽はにこりと答えた。

「祭王さまにご挨拶できず残念ですが、どうか心よりの感謝をお伝えいただけますようお頼み申しあげます」

だから綾芽も、羅覇の名は出さなかった。晴れて鹿青の一の祭官に復帰した羅覇は、今ごろ祭祀の支度に駆けずり回っているはずだ。

羅覇は兜坂に戻ると申し出たが、綾芽は断った。綾芽の大切なものを奪い続けた羅覇だったが、最後には二藍を助けてくれた。この旅でも、ずっと綾芽を守ろうとしてくれた。

（だからこれでいい）

別れの挨拶などしないほうがいい。羅覇の思いは知っている。綾芽と羅覇はずっと、国は違えども同じものを守ろうとしてきたのだから。

「それでは」と綾芽が最後の礼をすると、鹿青は綾芽の髪に大きな白百合の花を挿してくれた。そして唇に美しい笑みを乗せて、綾芽の帰路の安全を祈った。

そうしてふたりは別れた。夕栄に連れられ、綾芽は白砂の路をゆく。太全の霊を慰める祭壇に感謝を捧げ、石垣に囲まれた朱門を出る。

港には小舟が待っていて、沖には綾芽を兜坂に送る網代船の船影が見えた。促されて小舟に乗りこむ。小さな船が綾芽の重みで左右に揺れて、やがて収まった。夕栄が櫂を漕ぎ、水音が響く。

小舟は海に漕ぎだしてゆく。

しばらくして振り返れば、目にも眩しい汀と、白い浜、緑の茂みが目に入った。あの茂みの向こうには白百合が咲き乱れる岬があって、今ごろ青の紗の衣に身を包んだ祭官たちが、鹿青の命で神を招いてくれている。

綾芽は目をすがめて、美しい珊瑚の骨の島に別れを告げた。

網代船に乗りこむと、見知った水手たちが迎えてくれた。ゆきのときと同じく人なつこい笑みを浮かべてくれるかと思ったのだが、男たちは綾芽の姿を見るや、一斉に片膝をついて八杷島式の礼を行った。

「この船の者どもには真実を話したのです」と夕栄が教えてくれた。「あれだけの巻子やら書物やら文物やらを載せては、さすがに兜坂が滅びるとは誰も信じません」

そうして小さく、綾芽にだけ聞こえるように付け加える。

「みな、あなたさまが物中だとは知りませんが、春宮妃殿下であり、秘薬を用いて鹿青さまを救ってくださったのだとは伝えてあります。どうか我らが船の下々にお言葉を」

突然のことで、綾芽は身を強ばらせて甲板を見渡した。春宮妃として民にかける言葉など、考えたこともなかった。なんと言えばいいのだろう。

と、風がふいに強くなる。船を兜坂へ運ぶ、北東の風だ。鹿青の命を受けた祭官の祭祀が神を呼び、風を招いてくれたのだ。

その風に乗ってきたかのごとく言葉が頭に浮かんだ。

「……この風は――」

綾芽はゆっくりと口をひらいた。

「この北東への風は、わたしの帰国への、王太子鹿青さまからのはなむけである。我らの約定の証である。そして、我が兜坂国と八杷島の約定が成ったのは、この場のみなみなの働きがあったゆえである。深く感謝する。どうかあなたがたの国の神が吹かせる風に乗り、一刻も早くわたしを祖国に送り届けてほしい」

奉、と地鳴りのような声が響いた。帆を張れ、櫂をとれ。兜坂の春宮妃殿下を、鳥より速く祖国へお連れしろ。我らが船の力をお見せしろ。

ほうぼうで声があがり、男たちはそれぞれの持ち場へ散ってゆく。

――こんなのでよかったのだろうか。

綾芽はいささか不安になったのだが、いつもは表情に乏しい夕栄も、見るからに満足そうだからよいのだろう。

夕栄はさあ、と綾芽を室へと促した。

「これから騒がしくなりますから、室でお休みください。祭官もお待ちしております」

祭官が待っていると聞かされ、綾芽は俄然緊張した。そうだった、鹿青は新たな祭官を兜坂に遣わしてくれるのだった。どんなひとなのだろう。うまくやれるのだろうか。

とあれこれ考えながら戸をあけて、口をぽかんとひらいた。

「意外とあなた、『妃殿下』ぶりも板についているのね」

おかしそうに表情を崩しているのは、こちらで同行を断ったはずの羅覇ではないか。綾芽は眉をひそめてにじりよった。

「なぜあなたが乗ってるんだ。祭祀島で祭礼を取り仕切ってるんじゃなかったのか？　というかわたし、国に残ればいいいって言ったじゃないか！」

「国に残っていいとは言っていたけど、ついていっていってはだめとは聞いてないわ」

羅覇はしれっと答えると、手元にひらいた書物に目を落とす。この船に載せられた書物の目録のようだ。

「だけど」と綾芽は、なにを言えばいいのかわからなくなりながらも続けた。

「だけどあなたは、鹿青さまの一の祭官だろう。鹿青さまの祭祀のすべてを代わって取り仕切るのがお役目じゃないのか。兜坂に戻ってしまったら、誰が祭祀を担う」

「別に二の祭官や三の祭官だっているのよ。鹿青さまのお心はもう揺らがれないから、それらの祭官たちをうまくお使いになるわ」

「でも……」

そうだとしても、羅覇が鹿青のそばを離れるとは思わなかった。あれだけ、すべてをなげうつ覚悟で救おうとした主のそばにいなくてよいのか。

それに兜坂にとっては、羅覇が大罪人なのは変わりない。再び兜坂に渡れば、もう二度と八杷島の土を踏めないかもしれない。

「あのね綾芽、あなたならわかると思うけれど、わたしは鹿青さまを心からお慕いしているからこそゆくのよ」

羅覇は書物から顔をあげずに言った。

「あの御方は今、前を見ておられる。だからといって過去をかえりみられないわけじゃない。つらい思いをされないわけでもない。ご自分が陥れられたために、あなたの国の、多くの人のさだめを変えてしまったと深く悔やんでおられる。そんな鹿青さまにわたしがしてさしあげられるのは、隣で祭祀をお支えすることじゃないの。号令神が去るまで、あなたの国をこの身を賭して守ることなの。それでこそ、鹿青さまのお心は真に救われる。鹿青さまのためを思えばこそ、わたしはあなたの国にゆく」

「……もしかしたら、二度と鹿青さまに会えないかもしれないよ」

「構わないわ。そばにおれずとも、鹿青さまはわたしの心も決意も理解してくださっている。それで充分よ。それにわたしは必ず戻るから。この身が滅んで魂だけになろうと、必ず鹿青さまの御許に戻って、その輝かしい御代をお守りするから」

口ぶりには迷いがなかった。羅覇は、過去を悔やむ鹿青を救う道を見いだした。それはきっと羅覇自身を救う道でもあるのだ。

「……ということで、戻ったらすぐに大君にご報告できるように書物の確認をしてるから、しばらく話しかけないでくれる?」

あくまで紙面から目を逸らさない羅覇に、わかったよと綾芽は答えて腰をおろした。

「じゃあわたしはちょっと寝るよ。さすがに気疲れしたから」

「そうでしょう。もし具合が悪くなったら言って。薬を処方するから」

「神毒は結局、全然効かなかったよ。あれはもう気にしなくていい」

「そうじゃなくて、船酔いの薬を出すって意味よ。あなた、海の見える里の生まれだって豪語してたわりに、ゆきでは外の海に出たとたん酔ってたじゃない」

そうだっけ、と綾芽は笑って、衣を丸めた枕の上に頭を乗せた。

「羅覇」

「なに?」

「ありがとう」

書物をめくる羅覇の手がとまる。

「……恨んでる相手によく感謝できるわね」

「恨んでるけど、感謝もしてるよ。それに信頼もしてる」

たぶん、斎庭のみなも同じじゃないかな。

独り言のように付け加えると、羅覇は眉根を寄せた。けれどすぐになんでもない顔をして、書物をめくりだす。

(これでいいんだよな、那緒(なお))

眠りばなに、亡き友に心のうちで問いかける。

明るい返事が聞こえた気がした。

*

──だって、わたしだけ逃げるわけにはいかないでしょう。

眠りに落ちた綾芽の横顔を眺めながら、羅覇は息を吐きだした。

そう、国に残る道もあったのだ。そしてそれを望んでいる自分もいた。鹿青のそばにいたい。支えたい。兜坂に戻ればいつか断罪されるだろう。鹿青の治世を見守る未来がようやく見えてきたのに、死ぬのは怖い。

それでも斎庭に戻ると決めた。綾芽に語ったとおり、鹿青のためでもある。鹿青は心根がやさしいひとだから、もし二藍がさだめを引き受けるとなったら耐えられないだろう。そうならないように力を尽くすのが、一の祭官たる羅覇の義務なのだ。

だがそれ以上に羅覇は、自分自身のために兜坂に戻らねばならないと決めていた。

――わたくしが始めたことですから、最後まで責めを引き受けたいのです。

どうか兜坂にゆくことを許してほしい。意を決して鹿青に告げると、鹿青は予想していたのか、静かに瞳をやわらげた。

――お前だけが責めを引き受ける必要なんてないのだよ。お前を兜坂に遣ったのは八杷島の意志であり、もとを辿ればわたしの落ち度だ。だが――きっとお前は、戻りたいと願うと思っていたよ。

寂しげな主の声が胸に刺さり、羅覇はうつむいた。鹿青は、羅覇に捨てられたように感じるかもしれない。長い悪夢から覚めた自分を支えず、外つ国に発つというのだから。

しかしどう思われようと耐えよう。これ以上兜坂に、綾芽に借りをつくるわけにはいかない。兜坂の面々が鹿青を恨むのだって、絶対に嫌だ。これは羅覇が始めた戦だから、羅覇が決着をつけるのだ。断じて鹿青を巻きこまない。矢面には立たせない。

そのためには当の鹿青に嫌われようとも、失望されようとも構わない。

――おそばでお支えできないわたくしは、もはやあなたさまの一の祭官にはふさわしくありません。どうかお暇をくださいませ。

硬い声で罷免を請う。だが鹿青は、軽やかに答えた。

――ならぬよ。お前は変わらずわたしの一の祭官だ。

──ですが──。

──数年外つ国に出ているくらいで、なぜ辞さねばならない。わたしとお前はこれから死ぬまで、支え合って祭祀を執り行う仲だろう?

鹿青は倚子をおり、膝をついて羅覇の両肩に手を置いた。

──行っておいで。わたしの代わりに、どうか二藍さまをお助け申してくれ。綾芽さまに恩を返してくれ。お前にしか為せないし、託せないのだ。

凪いだ海の瞳が羅覇を覗きこんでいる。その瞳はふっと細まり、陽の光を受けた波のようにきらきらと輝いた。

──そして必ず、わたしのもとへ生きて戻ってくるのだよ。

その声を聞いたとき、羅覇は悟った。このひとはわたしの心を知っている。そのうえでわたしを送りだしてくれる。

だから羅覇は、目を潤ませて誓った。

──お約束いたします。あなたさまのために、わたしのために、兜坂に身命を捧げます。そして必ずや生きて御許に戻ってまいります。

必ず帰る。羅覇の居場所はいつでも鹿青の隣なのだ。たとえこの身は離れても、心はどんなときでもそばにある。同じ月を見ている。

──待っているよ。

鹿青はそう言って、幼いころと同じように、やさしく羅覇の手を握ってくれた。

「ねえ、だから綾芽」

羅覇は、眠る綾芽の手にそっと触れた。

「わたしはどんなことがあろうと、あなたがたを支える心づもりなのよ」

物申の手。信じることを疑わぬ、強い娘の手。

そう、どんなことがあろうとだ。

先日『姿見せぬ神』の祭礼の席で、二藍は、綾芽に聞かせないよう八杷島の言葉で、十櫛から真実を聞いたと伝えてきた。

いまや二藍はすべてを知っている。十櫛が羅覇に心術をかけて、『的』のさだめの真実を幾ばくか伏せていたことも、神ゆらぎが人になる術が、どのようなものなのかも。

そう、二藍はとうとう知ったのだ。綾芽が懸命に追い求めていた救いの、おぞましい正体を悟った。

──殿下は、さぞや落胆されただろうな。

鹿青は最後まで、それをひどく気にかけていた。同じ『的』たる鹿青には、真実を告げられたときに二藍の胸をよぎった空虚が、己のもののように感じられるのだろう。

だが羅覇は、ゆっくりと首を横に振った。

——ご案じめされず。あの御方は強いお心をお持ちです。

鏡の向こうで、笑みを微塵も揺らがさなかった二藍を思い起こす。二藍という男は、思った以上に鋼の心を持っている。羅覇に初めて『的』のさだめを突きつけられたときも耐え抜いた。斎庭中を巻きこんで祭祀を廃しようとしたことさえ、正気を失わなかったゆえの暴挙だったのだ。

そしてその暴挙が封じられたとき、二藍の隣には綾芽がいた。今の二藍の瞳には、綾芽が切り拓いた道がはっきりと見えている。『的』のさだめが今さら少々厳しさを増したところで、ましてや求め続けた人となる術の真実を知ったところで、大きく動じはしない。だから二藍が選ぶ道はわかりきっている。綾芽が泣こうとわめこうと、絶対に意志を曲げないはずだ。

でも——と羅覇は、二藍の妻たる娘の寝顔に目をやった。

(この子にとっては、『人になる方法』の真実はきっとつらいものとなる)

聡いから、馬鹿な間違いは起こさないとは思うけれど。

船はいよいよ風に乗ってきたようだ。眉間に皺を寄せて眠っている綾芽に衣をかけてやりながら、羅覇はそっとつぶやいた。

「幸せには、さまざま形があるものよ。あなたはすでにそのひとつを手にしているんだから、嘆く必要なんてないのよ……」

第五章　暗雲来りて月隠す

鹿青とその祭官が呼んだ風は、綾芽と船を一息に北東へ運んだ。船があまりに北に流されるので綾芽は心配になったが、船の人々は羅覇を含め動じなかった。

「きっと驚くわよ」と思わせぶりに羅覇が口の端をあげた翌日、出航からわずかに三日後、みるみる近づいてきた陸の形を見て、綾芽は確かに目を丸くした。

海の向こうに姿を現したのは、匛の平野に横たわる早岐の山ではないか。

「まさか、わたしたちが着くのは都のすぐそばか？」

喜多たちの里である紡水門に、直接到着してしまうのだろうか。

「少々流されておりますから、紡水門よりは北の泊にまずは入ることとなるかと。しかし一日ほど陸に沿って船を走らせれば紡水門に至るでしょう」

夕栄がこともなげに言うので驚いてしまった。ゆきのときは、紡水門を発ってからひと月近くかかって佐太湊に到着し、そこから風を待ったり祭祀を行ったりしてようやく八杷島に向かったのだ。だが今回は、数日で戻ってきてしまった。

「さすがは八杷島の祭祀だな」

綾芽は心底感心した。海上の神への祭祀に秀でているからこそ、八杷島は海の要衝たりえて栄えていると聞いていたが、その実力をまざまざと見せつけられてしまった。

「このくらい容易いわ。わたしたちを舐めてたわけ？」

「まさか。でも正直に言うと、これほどまでとは思ってなかった」

「斎庭に帰ったらちゃんとみんなに聞かせるのよ。さ、いい加減おりる準備をして。最初の泊に着いたら、あなたとわたしだけさきにおりて陸路で紡水門にゆくわ。そこから都に入ることにしましょう。そのほうが早いもの」

「荷はどうするんだ」

「そんなのあとから持ってくればいいでしょ。それともなに、あなたは一刻でも早く帰りたくないの？」

思わせぶりに首をかしげられて、綾芽は視線を惑わせた。

「いや、もちろん帰りたいけど」

「なに赤くなってるのよ。二藍さまに会いたいでしょ、なんて訊いてないけれど」

綾芽がますます赤くなったから、ほんと、変なところで素直ね、と羅覇は呆れた。

その日のうちに小さな入り江に船をつけて、綾芽はみなに礼を言って、親書だけを携え船をおりた。綾芽と羅覇は馬に乗り、早々と紡水門へ至った。紡水門には近くの駅家からすでに連絡がいっていたようで、喜多は喜んで迎えてくれた。往路の際の、陸沿いをゆくひと月の船旅で見知った顔もいて、綾芽はようやくすこし、肩の力を抜くことができた。

ひとつだけ残念だったのは、高瀬の君が、綾芽たちが発ってほどなく息を引き取ったと耳にしたことだった。一目だけでも二藍に会わせたかったと肩を落とした綾芽に、それでも喜多は教えてくれた。高瀬の君は病床でずっと話していたという。船に乗った綾芽の姿が陽の光にきらめいてとても美しかったのだと、それはそれは嬉しそうに。

「あの御方は最後の夜も、目を細めてお話しされていたよ」

綾芽が手を振ってくれたのだと。それに自分は手を振り返せたのだから、もうなにも思い残すことはないと。

「それから眠るように、苦しまれずにゆかれたよ」

綾芽は目をとじた。それならいい。どうか高瀬の君の御霊が思い煩うことなく、静かにすべてを忘れられますように。いつか二藍が魂甕をひらき、煙となった母君を空に還してあげられますように。

結局綾芽たちは、喜多の館で数泊世話になった。本当はすぐにでも早岐峠を越えたかったが、船旅の疲れをとって身支度を調える時間も必要だったのだ。そのあいだに都にも知らせがいったようで、すぐに使者として佐智がやってきた。

「おかえり！　よく戻ってきたね！」

佐智は綾芽の姿を見るや駆け寄って、痛いくらいに抱きしめてくれた。

「佐智、怪我は治ったんだな、よかった」

「あのくらいすぐ治るよ。とにかくあんたも無事でよかった。さっそく明日にでも都に向かおうか。あいつ、うずうずして帰りを待っててさ。うるさくてかなわないんだよ」

あいつ呼ばわりで二藍の話をする佐智はいつもどおりだ。帰ってきた実感が湧きあがり、綾芽はくすぐったい気分になった。

ひとしきり綾芽を抱きしめると、佐智は羅覇にも目をやった。

「あんたもおかえり。戻ってくるとは思わなかった――って言いたいところだけど、戻ってくるってなんとなくわかってたよ」

「……なぜです」

荷下ろしされた書物や神気払いの道具を確認していた羅覇は、すこし驚いたようだった。

「いやなんとなく。でも上つ御方のみなさまも同じように考えていらっしゃったから、そういうもんじゃないの？」

「そういうものって」

「まあいいだろ。妃宮が水菓子を持たせてくださったからみんなで食べよう。喜多さまも誘っとくか」

軽くいなされて、羅覇は眉を寄せている。綾芽はちょっと笑ってしまった。

翌日、早朝に高瀬の君の墓参りをすませたあと、綾芽たちは馬に乗り、佐智が引きつれてきた舎人の一行に守られ紡水門を発った。早岐峠を越え、都のある盆地に入る。緯の一ツ道を進み、衢でしばし休んで経の一ツ道へ入れば、もう羽京はすぐそこだった。

初夏の風が吹き抜ける。田には稲が植えられ、早苗が天に向かって伸びている。やがて青田のさきに、朱色の楼門が見えてきた。羽京の入り口たる南門だ。

綾芽は逸る心をなだめながら手綱を操った。ようやく戻ってきたのだ。

南門には牛車が待っていて、そこからは牛車に乗り換えて都の大路を進んだ。雨を含んだ土や、青々とした炎樹の匂い、行きかう人々の声。懐かしいあれこれに目を輝かせているうちに、斎庭に続く壱師門が見えてくる。

「妃宮が、桃危宮の拝殿でお迎えくださるってさ」

もちろん、と佐智はにやりとした。「あいつも一緒に待ってるよ」

「そうか。嬉しいな」

胸がいっぱいで、綾芽はそれしか答えられなかった。そわそわとする心を抑えられずに外を眺める。壱師門を抜ければ、賢木大路が桃危宮の突きあたりまでまっすぐに続く。右手には招方殿、そしてずらりと並ぶは下位の花将である嬪の妻館の門。しばらく大路をのぼれば門は大きく、築地塀も立派になる。中位の夫人の妻館だ。

やがて最上位、妃の館の門前を過ぎゆくと、もう桃危宮の南門の目の前だった。

南門をくぐるや、綾芽は待ちきれないように牛車をおりた。あとは拝殿の回廊を越えて、広大な白砂敷きの庭を突っ切ればいいだけだ。そこに綾芽の帰りを待つ人々はいるはずだ。

「あの、わたし」

「さきに行っていいよ。拝殿には、あんたの正体を知ってるひとしかいないはずだから、なんにも気にしないで駆けていけばいい」

佐智に笑われて、綾芽は親書の入った箱を胸に抱えて駆けだした。

拝殿の中央に面した幅広い階には、ひとの姿がいくつも見える。控えている幾人かの女舎人の中には千古の姿がある。階のなかばで連れだっているのは鮎名と常子だ。鮎名はいちはやく綾芽に気づいたらしく、笑みを浮かべて袖を持ちあげた。それから階の袂で背を向けている男に、なにごとかを告げる。

濃紫の袍と、束髪が揺れる。

男——二藍はすぐに振り向いて、駆けてくる綾芽を眩(まぶ)しそうに見つめた。

綾芽は息を切らして走っていって、階の前に立った。そして頰を紅潮させて、大きく頭をさげた。

「二藍さま、みなさま。ただいま戻りました！」

顔をあげれば、みな目を細めている。「相変わらず威勢がいいな」と鮎名は笑っているし、常子も「お元気そうでなによりです」とにっこりとしてくれた。

そして二藍は、おかしそうに言った。

「よく戻ったな、綾芽」

その声を聞いた瞬間、綾芽の頰に大きな笑みが広がった。息を弾(はず)ませたまま二藍を仰ぎ見る。何カ月ぶりだろう。

「会いたかったよ」

みなの前だというのに思わず本音がこぼれてしまって、耳にした二藍は苦笑した。それでも綾芽に歩み寄って、はっきりと応(こた)えてくれた。

「わたしも会いたかった」

「うん」

綾芽は泣き笑いするように顔を歪(ゆが)めて、親書の入った箱を抱きしめる。やっと終わったのだ。綾芽と二藍の、長い長い別離は終わった。

「さすがにこの場では堂々と慰めてやれぬゆえ、あとで泣け。ふたりきりのときにな」

「別に泣いてない」

からかうような声に、綾芽は笑顔で首を振る。そう、泣くことはないのだ。これからはずっと一緒なのだから。

「まずはこれを。八杷島の祭王および王太子より、親書をお預かりしてまいりました」

姿勢を正して、親書を収めた箱をさしだした。春宮妃として役目を果たす。喜ぶのはそのあとだ。

「わたしが預かっても？」

二藍が振り返って鮎名に尋ねると、鮎名は「無論」と笑みをこぼした。

「綾芽が少々休んだのち、みなで大君の御許に参じることとしよう」

それでは、と二藍はさらに綾芽に歩み寄る。綾芽から箱を受けとって、中を確かめる。

そのあいだ綾芽は、二藍のすこし伏せた目を彩る長い睫毛や、すっと通った鼻梁に目を奪われていた。泣いていないと言ったけれど泣きそうだ。

「確かに受けとった。よくぞやり遂げた」

やがて二藍は顔をあげ、背後に控えた常子へ箱ごと親書を渡した。そして綾芽の袖に手を添えて、拝殿のほうへと促(うなが)そうとした。

「さあ、中に入るといい。すこし休んで——」

ぱたりと声が途切れた。

歩きだそうとしていた綾芽は、怪訝(けげん)に思い顔をあげる。

「……二藍さま?」

呼んでみても返事はない。二藍は綾芽の袖に触れたまま、遠くの物音に耳をすますような表情で固まっている。微動だにしない。

どうしたのかと、重ねて問おうとしたときだった。

二藍は、急に綾芽を強く引き寄せ抱きしめた。

「二藍?」

あまりに突然で、綾芽は動転した。我慢できないほどに待っていてくれたのだろうか。いやまさか。いくら長く離れていたとはいえ、二藍らしくもない。

ではいったい、どうしたというのだ。

「具合でも悪いのか?」

恐る恐るの問いかけにも返答はなかった。そのあいだにも、背に回った腕にはますます力がこめられていく。あまりに力が強くて、このまま絞め殺されてしまうようで、綾芽はもがきながら必死に声をかけた。

「なあ二藍、どうした――」

そのときだった。

背後から、羅覇の切り裂くような悲鳴が飛んできた。

「誰か、殿下を綾芽から引き離して！」

え、と綾芽は痛みに歪んだ顔をひねった。なにを言っている、なぜ？

人々も、理由がわからないのか戸惑っている。と、駆けてきた佐智が綾芽と二藍のあいだに割って入り、鬼気迫る形相でふたりを引き剝がしにかかった。佐智は奥歯を嚙みしめ、全力で二藍を押しやる。わずかにひらいた合間に腕をさしいれて、綾芽をうしろへと突き飛ばした。二藍の腕が離れたとたん、綾芽は思いきり尻餅をついた。一方の二藍は抵抗もなにもなく、白砂の上にどうと倒れてゆく。

なにをするんだ、と声をあげかけた綾芽は息をつめた。

倒れゆく二藍の表情が、はっきりと視界に飛びこんでくる。

目は裂けんばかりに見開かれているのに、瞳にはなにも映っていない。

映るわけもないのだ。

黒目があるべきところから光があふれている。あのおぞましい光には見覚えがある。かって石黄を討つときにも見た光。

神と化しつつある者の瞳から放たれる、神光だ。

「殿下の四肢を押さえて！」

羅覇がわめきながら、青ざめる綾芽の脇を走りすぎた。

いまや鮎名をはじめ、誰もが二藍の異変に気がついたようだった。控えていた右大将や舎人たちが血相を変えて走り寄り、二藍を四方八方から抑えこむ。

「今すぐ神気を払わないと！　誰か左腕を切りひらいて！　早く！」

目の前に人だかりができて、二藍の姿が見えなくなった。羅覇の尖った指示の声、悲鳴、人々の動揺のざわめきが耳を刺す。

「もっとしっかり押さえて！　足らないならひとを呼んできて。ああだめ、腕だけじゃ間に合わない、喉と胸も切り裂いて。直接薬を流しこむから」

「喉と胸？　できません、春宮の御身にそんな恐ろしいことはとても——」

「躊躇してる場合じゃないのよ！　このままじゃ神気があふれて神と化してしまう。この国が滅びる！」

「ですが——」

「どけ、わたしが為す」

鮎名が怒鳴り、舎人をかきわけ二藍に馬乗りになったのがわかった。

肉が切れる音がする。血しぶきがあがっている。あまりの苦痛に二藍が激しくもがいているのが、人々の背の向こうであってもはっきりとわかる。

「これじゃあ薬が全然足らない。十櫛さまのところに取りにいって！」

「腕の神気の塊を抜かねば」

「二藍さまを押さえて！」

——なぜだ。

綾芽は動けなかった。口の中が乾いて、疑問だけが心を支配してゆく。

身のうちの神気を、二藍はうまく御していたはずだった。現にほんのさきほどまで、まったく落ち着いていたのだ。なのに神気は急に膨れあがった。今にも神と化すほどに。一刻の猶予もないほどに。

だからみなは、そんな二藍を救おうと必死になって神気払いを行っている。二藍が神と化したら兜坂は滅国する。すべてが滅び、灰となる。その恐ろしい行く末からなんとか逃れようとしている。

なぜこんなことになったのだ。なぜ突然神気が、それもたちまち神と化してしまうほどの大量の神気が二藍の身にあふれてしまった。

なぜ。

元気だったはずだ。

綾芽に触れるそのときまでは、なんの障りもないように見えた。

なのに――

「……わたしのせいか」

綾芽は愕然とつぶやいた。

そうだ、この身に触れたからだ。

綾芽に触れたからこそ、二藍の身には神気があふれた。

綾芽のせいだ。綾芽のせいで二藍は倒れた。神と化そうとしている。死んでしまう。二藍も国も、全部が終わってしまう。

わたしが――

ふらりと天を仰いだ。空は晴れ渡っているのに、目の前は闇夜のように暗かった。


それからしばらくは、ぼんやりとした記憶しか残っていない。幾人もが綾芽を囲んで話し合っていたこと、羅覇の泣き声、乗せられた牛車の揺れ、静まりかえった屋敷。すべてがぼやけている。

そのまま、なにもわからなくなってしまえれば楽だったのかもしれない。

だができなかった。じわじわと感覚が戻ってきて、冷たい泥が喉元までつまっているかのようになった。自分がなにをしてしまったのかを見つめ返さねばならなくなった。

「……また手をつけてないの？　ちゃんと食べなきゃだめじゃない」

遠慮がちな声が御簾(みす)の向こうから聞こえてくる。綾芽は室(へや)の隅、丸柱にもたれるように座りこんでつぶやいた。

「いらない。食欲がないんだ」

「そうはいってもおなかになにか入れないと。常子さまから、なんとしてでも食べさせるようにって命じられてるんだから」

入るわね、と幾重(いくえ)にも綾芽をとりまく几帳(きちょう)をかきわけ現れたのは、友人の須佐(すさ)だった。

どうやら綾芽は今、斎庭(ゆにわ)の外にある常子と右大将夫妻の屋敷の預かりになっているようだ。須佐は綾芽のために住みこみで、食事などの身の回りの世話を焼いてくれている。

泣きはらしている綾芽を痛ましげにちらと見やると、須佐は手にしていた膳を綾芽の前に置いた。折敷(おしき)には粥(かゆ)が載(の)っている。粥とは普通は冷めているものだが、ここにあるのは湯気がたっていた。温かければ食欲も湧くかもしれないと考えたのだろう。

綾芽は、夢現神(むげんしん)のつくる『夢のうち』に閉じこめられたときのことを思い出した。あのとき綾芽は、助けに来てくれた二藍と一緒に台盤所（だいばんどころ）で粥を作ったのだ。あつあつの粥など食べ慣れていなかったから、ふたりで揃（そろ）って口のなかを火傷（やけど）しておかしかった。

　涙が一筋、つうと頬を伝っていく。嗚咽（おえつ）はとっくに尽き果てたのに、涙だけはいつまで経っても湧きでてやまない。

「今日こそ泣いてもわめいても、全部食べてもらうわよ」

　須佐は意を決したように粥をすくい、匙（さじ）を綾芽に突きつけた。

「わかってるでしょ？　もし……もしお目覚めになった二藍さまが、あんたが倒れでもしたってお耳にされたら、それこそたいへんなことになるんだから」

「……そうだな」

　綾芽は力なく匙を受けとって口に入れた。味がしない。須佐の料理はいつも最高に美味なはずなのに、砂を噛んでいるようだ。だが須佐の言うとおり、綾芽は倒れてはならない。目覚めた二藍が知れば、神気に追いつめられた身にさらに負担をかけてしまう。

　もし二藍が再び目覚めるのなら、だが。

　あの日、二藍はほうぼうを切り刻まれて、血にまみれて苦しんで、ようやくどうにか目下（もっか）の危機を脱したという。だがそれから幾日経っても目を覚まさない。もう二度と目覚めないのかもしれない。

綾芽のせいで。

「ちょっと、粥に塩気は充分入ってるんだけど」

ぽたぽたと涙をこぼす綾芽に、自分も泣きそうな顔をしながら須佐は言った。

涙を拭きながら綾芽は思う。なぜ須佐は、こうしてわたしを責めないでいてくれるのか。須佐だけではない。ときおり様子を見にくる常子も右大将も、斎庭の誰も彼もが綾芽を責めない。

綾芽が二藍を殺しかけたのは、真実なのに。

――お前は必ず後悔する。玉央の恐ろしさを思い知る。

死に際の隠来の言葉が、頭の中をめぐっている。

あれはただの呪詛ではなかったのだ。あの玉央の神ゆらぎは、死してもなお役目を果たさんとした。己の命を奪った綾芽に、死よりもつらいさだめを背負わせようとした。

あの丸薬――神毒を呑ませたとき、隠来にはこうなる未来がもう見えていたのだ。

隠来に呑ませられた毒は、植物を煎じた痺れ薬などではなかった。羅覇も、八杷島さえ知らなかったそれは、物中の足枷となり、苦しめるためのとっておきの毒だった。

神毒は、神気の塊だったのだ。同じく神気の塊である神金丹とは違う。この玉央の神毒は、物中を封じるためだけに作られた。

神毒を呑まされた物申は死にはしない。だがその身に濃い神気の塊を抱き続けることになる。そんな物申に、神ゆらぎが触れればどうなるか。

神ゆらぎは、物申の身にひそんだ膨大な神気を引き受ける。

そして神気を身に帯びすぎて、神と化す。

人として死ぬ。

隠来ははじめから、自分が敗れた際の手を打っていた。そのときは綾芽に、二藍か鹿青を殺させるつもりだったのだ。ふたりのどちらかを神と化させ、その祖国を滅亡させる気だった。二十日後にお前は絶望すると言ったのは、神毒が効力を発揮するまでにそのくらいかかるからなのだろう。

もし、幸運にも二藍が目覚めたとしても。

綾芽はもう、二藍に一生触れられない。

そもそも近づけもしない。近づいてはならない。

(わたしは、あのひとを傷つけてしまった)

殺しかけてしまった。

他の誰でもなく、わたしが。

ようやく半分ほど粥を食べ進めたところで手は動かなくなってしまった。なだめすかしてどうにかしようとしていた須佐も、とうとう諦めたようだ。

「またそのうち来るから、そのときは食べてね」

「ごめん、せっかく作ってくれたのに」

「わたしに謝る必要なんてないの。あんたが謝るべきは別のところよ」

「……謝れるのなら、謝りたいよ」

自分への苛立ちが声を震わす。二藍に会って謝れるならどれだけよいか。叱られようと嫌われようと、どれだけ幸せか。

「そうじゃない。あんたがまず謝るべきは、あんた自身に対してよ」

須佐は綾芽の肩に衣をかけて、眉を寄せて出ていった。

――自分に対して、なにを謝るというのだろう。

綾芽にはわからなかった。謝るべきことなどなにも見当たらない。むしろ、責めても責めても足りない。

日が陰ったころ、再び御簾の向こうで衣擦れの音が響いた。

御簾を巻きあげ入ってくる気配がする。誰だろう、とぼんやり考えた。この時刻に常子が戻ってくることはない。常子が綾芽の世話を頼んでいる女房の誰かだろうか。

綾芽は御簾に背を向け、身体を小さく折った。誰にも会いたくない。放っておいてほしい。消えてしまいたい。

綾芽の背後で立ちどまった女人は、しばらく綾芽を見つめていたようだった。やがて静かに口をひらいた。

「二藍は目覚めたよ」

膝を抱えていた綾芽は、はたと顔をあげた。声の主は鮎名だ。

「ずいぶんと消耗しているようだったがな、気はしっかりとしているし、今すぐ神と化すような感じでもない」

綾芽は、なにか答えようとしてできなかった。唇が震えて、嗚咽が再び漏れる。涙があとからあとから流れてくる。

両手で顔を覆って、ようやく一言返した。

「よかった」

二藍が死なくてよかった。国が滅びなくてよかった。最悪は避けられたのだ。最悪だけは。

「二藍は、お前を案じていたよ。できれば会いたいと申していた」

わたしも会いたい、という叫びが喉の際までせりあがる。会いたい、会って無事な姿をひとめ見たい、謝りたい。謝って、許してほしい。笑みを向けてほしい。

だが綾芽は両手で顔を覆ったまま、何度も首を横に振った。

「会えません」

二藍の虚ろな瞳が脳裏にこびりついている。もしまた神毒が悪さをしたらどうしよう。今度こそ本当に殺してしまうかもしれない。

二藍が死んだら兜坂国も終わる。号令神がやってきて、滅国を言い渡す。

「そうか」

とだけ鮎名は言って、その場に座した。綾芽がなんと答えるか、予想がついていたのかもしれない。

「だがいつまでも、ここでうずくまって泣いているわけにもいかないだろう。そろそろ斎庭に戻ってこい。高子殿が長らく春宮妃の責務を代行してくださっているが、いい加減にお前に返したいそうだよ」

なにを言うのだ。綾芽は息ができなくなって、無茶苦茶に首を振った。

「わたしにはもう、春宮妃など務まりません」

「では一生ここで泣き暮らすのか？」

「わたしは二藍さまを殺しかけて、国をも滅ぼしかけてしまった大罪人です。今後もいついかなるとき、誰かを傷つけるかわかりません」

「ただびとである我らには、お前の神毒はまったく効かない。神ゆらぎにも不用意に触れねば問題ないと、十櫛も羅覇も申していたよ。それに、罪人かどうかは大君がお決めになることだ。大君は不問に処すと仰せだった」

「ですが」

「もし罪を犯したと考えるならば、あがなうのが正道だ。お前は為すべきことを為さねばならぬのではないか？」

「為せることがあるのなら、いくらでも為します。でも」

綾芽は涙ながらに訴えた。

「わたしにはもはやなにもできません。二藍さまをおそばでお支えもできず、物申ですらないのです」

そう、物申としての力は綾芽の中から消え去ってしまった。神毒を身のうちに抱いているからだけが理由ではないだろう。物申とは、誰もが拒めない絶対の神命を拒絶する者。己の弱ささえもまっすぐに見つめ返す強い心を持つ者。

そんな心は今の綾芽にはない。誰より大切なひとを手ひどく傷つけた綾芽には。

「わたしにはなにも残っていません。しょせんは辺境に育った知恵なき娘なのです」

思い知ったのだ。結局今まで幾多の困難に立ち向かえていたのは、綾芽自身の力ゆえではなかった。物申だからこそだった。希有なる力を持っている自分が得がたい身だと知っているからこそ、なにごとにも臆せず突き進めた。どんな強大な神を前にしても諦めずにいられた。

身分も育ちもなにもかもが違う二藍の隣に立つに値するのだと思いこめた。

「すべて、わたし自身の力でもなんでもなかったのです。わたしは物申であることを笠に着て、安堵して、自分の力と誤解してふるまっていたにすぎないのです」

その力を失えば綾芽など、どこにでもいるつまらない娘だ。

綾芽は鮎名の膝元で、額を床にこすりつけた。

「どうか、春宮妃の位をお返しすることをお許しください。物申の力を失ったわたしには務まりません。それに……二藍さまには、おそばでお支えできる御方が必要です」

「二藍のために、暇を請いたいと言うのか」

「はい」

妻としてそばにいられず、神祇官としても隣に立てない綾芽に価値はない。

「……面をあげよ」

鮎名は息をつき、そう命じた。綾芽がゆるゆると顔をあげると、片膝を立てて腰を浮かす。と思ったときには、鮎名の両の掌は音を立てて綾芽の頰を強く挟みこんでいた。

「よくもつらつらと、お前らしくもないことばかりを口にするものだ」

呆然としている綾芽の頰を押さえこんだまま、鮎名は言った。目を逸らすことなど許さないというようだった。

「つらいのはわかる。だが悲しみに溺れて目を曇らせても仕方ないだろうに。春宮妃をおりるのが二藍のためだなどと、本気で申しているのか?」

言葉につまった綾芽に、鮎名は諭すように続けた。

「お前が去ろうものならそれこそあの男、絶望してすぐさま神と化すぞ。あまりいじめてやってくれるな」

「……わたしは、二藍さまをお救いするどころか、苦しめてしまったのです」

いくら『的』の身は不死で、もはや人といえないかもしれなくとも、二藍の心は紛れもなく人だ。あれだけ身を切り刻まれれば、死んだほうがましなほどの苦悶を味わったはず。人の心には耐えがたいものだっただろうに。

「自分が許せません。二度とつらい思いなどさせないと誓ったのに、そのわたしが二藍さまを追いつめてしまった」

苦しめてしまった。痛い思いをさせてしまった。

「気持ちはわかるが、お前が己を許せないからといって、二藍がお前を許さないわけではなかろう。真に二藍を想うならば逃げてはいけないよ。そばにいてやらねばならない」

「どうやっておそばにおればよいのですか！」

綾芽は両手を地につけ泣き叫んだ。我慢ができなかった。今までは、どんなに離れていたとしても必ず二藍のもとに帰るのだと思えた。この苦しみののちに、必ず幸せが待っているのだと信じられた。

だがもう叶わない。抱きしめることも、抱きしめてもらうこともできない。綾芽がこれから抱いてゆくのは、二藍を殺す神毒と、二藍を殺しかけてしまったという認めがたい事実だけだ。

「諦めてはならぬよ。今までどおりにはできなくとも、お前の心持ちしだいでは叶う」

心持ちとはなんだ。逃げだしたい。消えてしまいたい。

「それに」

と鮎名は、綾芽の頰を伝う涙を袖で拭った。

「物申でなくなったとして、春宮妃としての責がなにも為せなくなったわけでもない。お前は今まで、自分がどれだけの神を相手にして、どれだけの苦境をくぐり抜けてきたのか忘れてしまったのか？」

「……すべて、物申であったからこそ為せたのです。わたし自身の力ではなく」

「そんなのどちらのおかげだってよいだろう。物申の力に助けられてなにが悪い」

「ですが――」

「どんな手を使おうとお前は、誰もが辿りえなかった道を経てここにいる。物申の力を失ったからといって、身と心に刻まれた経験や知恵までなくなりはしない。そうだろう？　いつまで斎庭に来たばかりの無知な娘でいるつもりだ。お前はもう、室にこもって泣きはらしていられる立場じゃない。斎庭を率いてゆかねばならない者のひとりなんだ」

だからこそ、立たねばならぬよ。

「どれだけ刻がかかろうと、立ちあがらねばならない。歯を食いしばって前に進み続けねばならない。もし二藍にあがないたいのなら、己の手でがむしゃらに為すしかない。それだけが、お前に許された道だ」

鮎名の双眸は、しっかと綾芽を射貫いている。妃宮として、苦悩も悲しみもねじ伏せ立ち続ける女の、覚悟の瞳だった。

できないとは言えなかった。

綾芽は唇を歪め、なんとか、どうにかうなずいた。

「……さきほどの申し出は、どうかお忘れください」

今さら放りだすことなんて許されないのだ。

「よく言った」

鮎名は綾芽の肩を軽く叩いて立ちあがった。

「疲れているだろうから、すぐに今までどおりにやれとは言わない。すこし休んでくれていい。身分を隠して外庭に出仕してみても、女御内でゆっくりしてもよい。どうしたい」

逃げたい。そんな気持ちが膨れあがる。だが唇を噛み、綾芽はどうにか口にだした。

「斎庭に、戻ります」

今戻らねば、もう二度と帰れなくなってしまうかもしれない。

「ただお許しいただけるのなら、しばらく尾長宮から――二藍さまの居所からは、離れたく存じます。怖いのです。もし万が一、また二藍さまを傷つけてしまったら」

今度こそ二藍を殺してしまったら。考えるだけで汗が滲む。動悸がとまらない。

「わかった。ではなにか適当な職を見つくろっておこう。さまざまな役目を知れば、のちのちのためにもなるだろう。まあ、あまり気に病まず淡々と日々をこなすことだ。当然知っているだろうが、神など招けなくとも斎庭に欠かせぬ者はいくらでもいる。常子のようにな」

「はい」

「二藍に言づてはあるか？　あるなら伝えておくが」

頰を伝う涙を拭って首を横に振った。今の綾芽がなにを伝えられるというのか。

「なにもなしでは、あの男も悲しむぞ」

「では……申し訳ございませんでしたとお伝えいただけますか」

「謝罪を聞いて喜ぶと思っているのか？」

嗚咽に声がつまって、なにも言えない。拭っても拭っても涙が頰を流れ落ちてくる。

やがて鮎名は痛ましげに息をついて、

「綾芽」

と呼びかけた。

「二藍はな、このような顚末になってすこし安堵しているんだ」

綾芽は涙に濡れた顔をあげた。思いもよらぬ言葉だった。安堵している？　笑えない冗談だろうか。いや、鮎名はいたって真面目な顔をしている。

「実は十櫛が明かした『人になる方法』。あれは、お前が望むようなものではなかった」

——なにを言うのだ。

戸惑う綾芽から視線をはずし、鮎名は丸柱に軽くもたれて、独り言のように語った。

「古の時代、玉盤大島のとある国の王族に、人になりたいと強く願っていた神ゆらぎがいたそうだ。それこそ二藍のように。それでその国の神祇を担う者たちは、懸命に方法を探し求めたという」

　誰より心を砕いたのは、ひとりの女だった。女はその神ゆらぎを慕い、ともに人として生きていこうと誓っていたのだ。

　そして長き月日の果てに、女はとうとう男を人にできる方法を見いだして、男にその身を救う品を送り届けた。

「女が見つけた方法とは、なにより難しく、それでいてごく簡単なものだった」

　荷を受けとった男は、女が書き送ったとおりそれを口にした。すると男を神ゆらぎたらしめていた身のうちの神気はみるみる失せていき、しまいにはきれいさっぱり消え果てた。

「男は、自らが人になったと知った。おおいに喜んで、まず誰よりさきに女を呼び寄せ、この吉報を伝えようとした」

　だが女はやってこなかった。二度と男の前に姿を現さなかった。

　男は慌てて女を捜した。どこへ行ってしまったのだ、わたしの愛するひとは。

「そうして男は見つけた。心の臓を抜かれ、屍体となった女をな」

「……どういうことです」

「女が見いだした、神ゆらぎから神気を永劫払うための方法。それは己の心の臓を神ゆらぎに喰らわせるものだったんだよ」

女は自らの首を掻き切って、その心臓を男に贈るよう遺言して死んだ。男は、愛する女が我が身を投げだし遺したものだと知らないままに、それを薬と聞かされ喰らったのだ。

「つまり……」

怯えと期待がない交ぜに湧きあがり、綾芽は両の拳を握りしめた。

「愛する者の心の臓を口にすれば、神ゆらぎは解き放たれるのですか」

鮎名の懐から目が離せなかった。

そこには懐剣がひそんでいるはずだ。もしも愛する者の心臓が二藍を救うのならば、今すぐ飛びだして、懐剣を奪って、自分の首を掻き切ってしまおう。慕う男を救った古の女のように。

「すこし違うな」

綾芽の昏い決意などお見通しなのか、鮎名は懐を袖で押さえて身体の向きを変えた。

「ただ慕わしい者の心の臓を喰らえばよいのならば、この方法を用いて人となる神ゆらぎがもっといてもおかしくない。だが記録にあるのはこの一例のみだ。なぜだと思う」

「……わかりません」

「女は、物申だったんだ。つまり神ゆらぎを解放する唯一の道とは、自分を慕う『物申』の心の臓を啜ること」

殴られたような表情になった綾芽を、鮎名は沈痛な眼差しで見おろした。

「考えてみれば単純な話だ。物申は、玉盤神が下す神命を拒む力を持つ。そして神ゆらぎの神気は玉盤神のもの」

玉盤神の神気に侵されている神ゆらぎの身に、玉盤神をも拒絶する物申の血肉の象徴たる臓腑を摂りこませる。そうすれば神気は打ち消されて失せる。

「つまり二藍さまは……物申であるわたしの心の臓を喫れば人になれたのですね」

――そうか、そうだったのか。

身体中から力が抜けていく。

もっと早くに知れていればよかった。救いはすぐ近くに転がっていたのだ。

「言わずもがなのことを一応述べておくが」

と鮎名は語気を強めた。

「二藍はこの真実を聞いたところで、いっさい心を動かさなかった。お前と幸せになるために人になりたかったのに、死なせてしまっては本末転倒だ。そうではないか」

答えられない綾芽に、鮎名は冷たい声で言い放った。

「もし馬鹿げたことを考えているのなら、春宮を愚弄したとみなす」

「……申し訳ございません」

そうだ、なにを考えているのだろう。綾芽は涙をこぼして謝罪した。わたしはどうしてしまったのだろう。どうしたらいいんだろう。

「とはいえ――」

と鮎名は裾をひいて、ため息のように続けた。

「誰もが二藍のように考えるとも限らなかった。『的』の身でも、物申の心の臓を口にすれば人になれるかもしれない。『的』のさだめを脱するかもしれない。であればお前を殺すのが国のためと考える者も出てきただろう。だが、神毒のせいでそのような企てては意味をなさなくなった。今のお前は物申ではない。ゆえにその臓腑を喰らおうと、二藍は神ゆらぎのままだ。……だから二藍は安堵しているんだよ。お前を殺さずにすんだのだから」

綾芽はただ、握りしめた自分の拳を見つめていた。

今さらながら気がついた。鏡越しに話をしたときには、綾芽の心臓だけが己を救うと二藍はとっくに知っていたのだ。そのうえで、自分が人になれる道を捨てようとしていた。

悔しかっただろう、悲しかっただろう。ずっと人になりたいと願っていたのに、ようやくその方法を知れたのに、あっさりと諦めねばならなかったのだから。

(なのに二藍は、笑っていたんだ)

笑みを崩さずただ願っていた。綾芽が無事に戻ってくることだけが望みと告げてくれた。

涙があふれる。

「……お慕い申しておりますと、お伝えください」

何度もつっかえそうになりながら、綾芽は絞りだした。

泣こうがわめこうが、もうどうにもならない。もし綾芽が神毒を呑まされていなかったとしても、人として添い遂げる道はなかったのだ。

それでもきっと二藍は、綾芽とともに生きてくれただろう。一生口づけすら交わせなくても、それはそれで幸せだっただろう。

そんな破れた未来が見えているからこそ、こんなことになってしまっても、綾芽は二藍を諦めきれない。手放したくない。誰にも渡したくない。

どうしたらいいのかわからない。

「慕っている、か。それも二藍は聞かずとも知っているとは思うが、まあ、幾度告げられても嬉しいものではあるな。伝えておこう」

鮎名は廂へ出ると、その場に置いてあった衣箱を御簾のうちにさしいれる。

「二藍に、お前に渡してくれと頼まれた。大切にするとよいよ」

そうして去っていった。

かなりの刻が過ぎてから、綾芽はよろめきながら立ちあがった。気づけば夜の帳がおりている。いつかと同じ望月の光が、衣箱を静かに照らしている。わずかに躊躇して、そっと蓋を持ちあげた。いったいなにが入っているのか。

納まっていたのは、袍だった。

濃紫の、二藍だけが身につけることを許された色の袍。

その色を目にしたとたん、恐怖で蓋を取り落としそうになった。神気に侵された二藍の、生気のない瞳が瞼の裏に蘇る。

だが綾芽は幾度も深呼吸をくりかえして、その冷たい幻を振りはらった。違う、この紫を不幸と結びつけてはならない。これは、ふたりで歩んできた絆を彩る色なのだ。

震える手で袍を摑んで、袖を広げて顔の前に掲げてみた。いつも見ていた、二藍の肩の高さになるように。

だがそこに身体はなく、布地はすとんと落ちていくばかりで、むなしさばかりが押し寄せる。なぜ二藍は、こんなものを贈ってくれたのか。

押しつぶされそうになったとき、袍の懐が、月光をひときわ白く照り返すのに気づいた。なにかがしのばされているようだ。

文だった。

袍を膝に抱き、おずおずと取りあげた。二藍からのものだ。

息があがって胸が軋む。中身を見るのが怖かった。鮎名は、二藍は会いたがっていると言っていた。だがそれは二藍の本心ではないかもしれない。内心では、自分と国を滅ぼしかけた綾芽を許せないと思っているかもしれない。この文をあけたとき、綾芽は真の意味でなにもかもをなくしてしまうのかもしれない。

それでも。

綾芽は唇を強く嚙みしめ天を仰いだ。

――それでもわたしは、この文の中身に縋らずにはいられない。

大きく息を吸いこんで、その勢いで文をひらく。内容はごく短かった。二藍の手跡だが、能筆なはずのそれはひどく乱れて掠れている。それでも一文字一文字辿るごとに、綾芽の瞳からはぽたぽたと涙が落ちた。

『どんなときもそばにいる』

そこにはそう書いてあった。

文を握りしめ、袍を胸に引き寄せる。濃紫の衣から焚きしめられた香が薫る。綾芽がかつて好きだと言った、故郷の森を思わせる匂いだ。

銀の月に照らされて、綾芽は袍に顔をうずめて号泣した。

＊

「申し訳ございません」

羅覇は涙声で頭を床にこすりつけると、顔をあげようとしなかった。

「春宮妃殿下を必ずやお守りして、無事にお返しすると約束いたしましたのに。わたくしが至らなかったばかりに、春宮妃殿下だけではなく、二藍殿下と兜坂国をも危地に陥らせてしまいました。すべてわたくしの責任です。わたくしが……」

憔悴の滲んだ声はひどく掠れていた。顔は真っ青で、目のしたには隈が浮いている。さきんじて会った十櫛も同じ様子だった。ふたりとも一睡もしていないのだろう。

二藍はしばし、目に焼きつけるように羅覇の姿を眺めた。それから脇息に寄りかかっていた重い身を起こした。

細長い布を両手にとる。そのまま目元に巻きつけて、双眸を覆い隠す。

そうしてようやく口をひらいた。

「確かにわたしは、こんな行く末のために綾芽をゆかせたわけではない」

人として生きる道が潰えたとしても、綾芽が無事に戻ってくれればそれでよかった。二藍の心は決まっていた。一生神ゆらぎであろうと構わない、神ゆらぎなりの幸せを掴んでやろう。手に入れられぬものはあっても、失うものはない。人になれずとも、綾芽は添い遂げてくれる。ともに生きてくれる。

　だったらそれこそ求めた道だと、悔いはないと、本気で考えていたのだ。

　だがその望みさえ、もろくも崩れ去った。

　それどころか。

「我が身が、このようなさだめに囚われるとも思っていなかった」

　左腕をなぞる。見えなくとも触れればわかる。そこには古傷のような痕が、まっすぐに親指の付け根に向かって走っている。

『白羽の矢』だ。

　恐ろしい痛みののちに暗闇に突き落とされ、そうして目覚めてみれば、二藍の左の腕にはこの痕があった。各国の『的』となった神ゆらぎのうちで、もっとも神に近づいている者に与えられるという矢。

　それが身に深々と突き刺さっていた。

　そして、角盥の水に姿を映すまでもなかった。今の二藍の瞳は血のように赤い。発した言葉すべてが心術となる、白羽の矢を持つ者の目だ。

こうなればもう、神ゆらぎとしての幸せすらも手には入らないのは明白だった。白羽の矢を持った神ゆらぎは、相手の目を見て話せない。話せば一言残らず心術となってしまう。人を操らないように、自分の神気を増やさないように、今の二藍はこうして目を隠さねば、誰かと言葉を交わすことすらできない。

誰かの目を見て、思いを伝えることなどもうできない。

「面目しだいもございません」

羅覇は平伏したまま泣いている。「まことに申し訳がたちません」

本当は、断罪してくれと言いたいのだろう。死んだほうがましなのだ、それでなにかが解決するのなら。

だが。

「面をあげよ、羅覇」と二藍は静かに命じた。「わたしを見よ」

見たところで目が合うわけではない。二藍の両の目は厚く布に隠されている。

それでも羅覇が言われたとおり、二藍に目を向けたのは察せられた。

羅覇は逃げなかった。

それにかすかな満足を覚えて、二藍はゆっくりと口をひらいた。

「お前は、祖国のほとんどの者に綾芽が物申だと明かさなかったと聞いた。本島にも綾芽を連れてゆかなかった。祭王にすらお目通りせず、あの娘は戻ってきた」

「……はい」

唐突な話に、羅覇はいくぶん戸惑ったようだ。二藍は短く息を吸い、自分の中のやるかたない思いをねじ伏せ言った。

「ゆえにお前には感謝している。信頼もしている」

羅覇が息を吞んだのがわかった。戸惑って、訝っている。

それでも二藍は続けた。

「物中の血が神ゆらぎを解き放つと、お前の国の者はみな知っていた」

だからこそ羅覇は、綾芽の秘密を隠し通したのだ。物中と知れたなら、誰かが鹿青に綾芽の血を捧げようとしたに違いない。慕い合う者の血でなかろうと、綾芽の心臓は希有なる物中の血。啜れば鹿青が解放される可能性があるのなら、試そうとした者は必ずいた。ほとんどの八杷島の者にとっては、綾芽の生死などどうでもよい。死んだところで兜坂には、事故でも起こったと報告すればいいだけだ。

「だがお前はあの娘を守ろうとした。綾芽を守り、兜坂との約定を果たそうとした。ゆえに深く感謝している」

「けれどわたくしは……」

羅覇の声が潤む。つい半年前、二藍に死ねと言い放った娘のものとは思えなかった。

「わたくしは、お守りできなかったのです」

羅覇は悔恨に泣き崩れた。

「妃殿下をお守りできなかった。あの御方が……綾芽が、わたしたちのためにどれだけ尽くしてくれたのか全部見ていたのに、借りを返すと誓っていたのに、なのになにも——」

だがその嘆きを、二藍は強く遮った。

「なにも返せなかった、などと申すわけではなかろうな」

羅覇がはっと唇を引き結んだ気配がする。二藍は両目を隠した布のしたから、目の前にいるはずの祭官をきつく睨みすえた。

「借りは当然返してもらう。あの娘を不幸にしたまま終わるわけにはいかぬのだ」

綾芽の身から神毒を取り除くのは不可能だ。神ゆらぎが命と引き換えに神気をすべて汲みだすしかないが、それは破滅と同義。

神毒に侵された綾芽に、二藍は二度と触れられない。そもそもこの身は、誰かの目を見て話すことすら封じられてしまった。

どんなに足掻こうと立ち向かおうと、事態はことごとく悪くなってゆく。兜坂国は追いつめられていく。どうにか今の状況を保つので精一杯だ。

そう誰もが――知恵ある八杷島の祭官までもが悲嘆に暮れている。

だが二藍は、うつむくつもりなど毛頭なかった。

「泣き暮らしたところでなにも変わらぬ。知恵をもって神と相対し、国を守ってきた我らが嘆きに身を任せるなど愚かに過ぎる。神毒を抜く策は、神ゆらぎの死と引き換えにする以外にはないと言いきれるのか？　人になる方法とて、心の臓を啜らずともよい術があるやもしれぬ。道が見当たらぬのなら、知恵をもって新たな道を切り拓くのが我らの責務ではないのか」

綾芽の心は、誰より二藍が知っている。きっと泣いているだろう。自分を責めて責めて責め続けて、消えてしまいたいと願っている。

叶うのならば、今すぐ飛んでいって慰めたい。抱きしめてやりたい。綾芽はいつもひとのために身を捧げてきた。大切な人々の幸せが自分の幸せだと言って、懸命に道を切り拓いてきた。そのさきに待っていた結末がこれでは、こんな終わりではあんまりだ。

だが今の二藍には、慰めの言葉すら面と向かってかけることができない。

ならば諦めるのか？　今まで何度も自分に言い聞かせてきたように、仕方がないと、理は覆せないからこそ理なのだと受けいれるのか？

否。

あのやさしい娘の行く末を、このまま滅茶苦茶にされてなるものか。必ずさだめを撥ねのけてみせる。理が絶対だというのなら、それを利用してでも抗ってみせる。

「わたしは必ず、綾芽の身から神毒を除ける。そしてこの忌まわしき我が身も人にする。『的』のさだめも、号令神などという馬鹿げた理とて、ひっくり返して叩きのめしてやる。綾芽も国も、己自身も、わたしはけっして諦めぬ」

抱きしめ慰められないのなら、戦うしかない。

それだけが、綾芽を救う道なのだ。

「ゆえに八杷島にも助力を求める。八杷島本国にも、十櫛王子にも、無論お前にもだ。もしお前があの娘に借りを返さねばと悔いているのなら、泣き寝入りなど断じて許さぬ。どんな手立てでもよい、見つけだせ。玉央の鼻を明かし、我らを破滅のさきへ導く術を、わたしとともに考えよ。積み重ねた知恵のすべてをもって、破れぬ理の壁を突き崩すのだ」

二藍は、瞳を隠した布を取り去った。

赤い双眸に見つめられようと、異国の祭官はすこしもひるまなかった。拳に力を入れ、口を引き結んで、まっすぐに目の前の男を見つめていた。

そして短く息を吸って背を正し、告げる。

「仰せのままに、殿下」

どこか大切な娘を思わせるその強い瞳に、二藍は深くうなずいた。

——そうだ。

諦めてなるものか。

二藍の暗き人生に、綾芽は光をもたらしてくれた。

だから今度は二藍が、綾芽の明日を切り拓いてみせる。

＊

都と斎庭を分かつ大きな楼門——壱師門を、霖の季節のぬるい風が吹き抜けていく。せっかく集めた塵を散らされて、楼上をひとり掃いていた真白はついため息をついた。

「いつまでこれが続くのでしょうか」

念願の出仕が叶ってひと月あまり。この門をくぐったときは期待にはち切れんばかりだったはずの胸は、すでにしぼみかけている。

——ようやく、今度こそ斎庭に入れたのに。

真白にとって、これは二度目の上京だった。一度目は出仕当日にすげなく故郷へ送り返されてしまったが、今回は違う。満を持して、望まれてやってきたのだ。すぐに器量のよさを見いだされ、神をもてなす役目に取り立てられると思っていたのに。

（それが、このような雑用ばかり押しつけられるなんて）

真白が拝命したのは、華々しい神招きの場ではなく、斎庭内の清掃を担当する掃司の女官だった。欠員が相次いだからちょうどいい、などという上官の軽い言葉ひとつで、こんなところに押しやられてしまったのだ。

手入れを欠かさなかった自慢の爪が欠けているのに気づいて、またため息が漏れる。斎庭で働くのだからと、なるべく手先は美しく保つよう気をつけてきた。神をもてなす祭主は美しい装束をまとう、ならば指だって白くすらりとしていねばならない。都の娘に負けないようにとみなに口を酸っぱくして言われ、自分でも努力してきたのに、たった数日櫃を運ばされたり、箒を握らされたりしただけでぼろぼろになってしまった。

なんだったのだろう、と思う。

今までの、わたしの苦労はなんだったのかしら。

幼少のころから、地方より斎庭にあがる中級女官・采女に選ばれるため努力を重ねてきた。真白こそが都にのぼると、里のみなも、真白自身も思っていたし、それに値する容姿や立ち振る舞いを身につけようと努めてきた。だから数年前までは、真白も周りの者も、真白が難なく斎庭に選ばれて、その美しさや才を買われて栄達すると疑っていなかった。

すべてがおかしくなったのは、あのときからだ。

めでたく采女に選ばれ旅立ちの準備を進めていた矢先のことだった。同じ朱野の邦からさきに出仕していた、那緒という采女が斎庭で自刃したとの報が届いた。しかも那緒はあろうことか、死ぬ前に春宮の寵妃を手にかけていたのだ。

同邦の女官から大罪人が出たと知り、真白の郷里は大混乱に陥った。なんと愚かな真似を、と泣く父母を前に、真白は不安でたまらなかった。それほどの大罪人を出してしまえば、大君は朱野の邦全体に罰を与えようとするかもしれない。これからいよいよ出仕するわたしは、いったいどうなってしまうのだろう。

不安は的中してしまった。なんとか上京までは漕ぎつけたものの、都で真白を待っていたのは、斎庭の内側にさえ入れてもらえず、この壱師門の前で追い返されるというひどい仕打ちだったのである。

――大罪人を出した朱野の邦からは、よほどの者でなければ二度と采女をとらぬ。

外庭の官人だろうか、冷たい顔をした男は真白にそう告げた。

そんな、と真白は食いさがった。

――よほどの者とはどんな者ですか。わたくしはこの斎庭に尽くすため、あらゆる精進に勉めてまいりました。わたくしでは、足らぬのですか？

真白に背を向けつつあった官人の男は、その言葉にふと足をとめた。見定めるように振り返る。真白は頰を紅潮させて、顎を引き、袖を優雅に合わせた。ああよかった、きっとこの官人は、わたしをよく見もしないで追い返そうとしたのだ。だがじっくりと眺めれば、その価値を認めざるをえないだろう。

真白はとっておきの笑みを浮かべた。いかな都人も無視できないに違いない笑みを。

だが、男はわずかに眉間に皺を寄せ、目を伏せるばかりだった。

——残念ながら、わたしが待っているのはお前ではない。気をつけて邦へ帰るがよい。

真白は呆然と男の声を聞いた。待っているのは真白ではない？　ではいったい誰を待つというのだろう。自分の中に着々と積みあげてきた自信が、この男の一声で乱暴に突き崩され、踏みにじられたような気がした。

真白は必死になって取りすがった。やめて、追い返さないで。ここで拒絶されたら、どんな顔をして故郷に帰ればいいの。わたしはどうやって生きていけばいいの。

それでも男は振り向かず、真白はあえなく里に戻された。

里に帰った真白は泣き暮らした。両親や里の者は慰めてはくれるものの、腫れ物に触れるようでもあって、真白の心はちっとも癒やされなかった。

結局真白を癒やしたのは誰かの慰めではなく、事実だった。真白が追い返されたと知り慌てた朱野の邦の郡領たちは、次々にとっておきの器量よしを都に送りこんだのだが、誰もが真白と同じように追い返されたのだ。

――よかった、わたしが悪いわけではなかったのね。

真白でなくとも追い返される。つまりはあの男の『待っている娘がいる』は方便にすぎなかったし、悪いのは真白ではなく、春宮の寵妃を殺した那緒なのだ。

結局朱野の邦は六人の娘を送りこみ、最後のひとりを除いた五人が即刻送り返された。送り返されなかった最後のひとり。それは真白の血の繋がらない姉だった。

綾芽。

大罪人の那緒と仲のよかったこの姉は、いっそうの決意をもって都へ旅立った。もちろん誰もが期待などしていなかった。なかばやけくそに送りだしただけだ。

そして、この姉だけが戻ってこなかった。

采女として認められたわけではなく、死んだからである。

――そういえばこの壱師門の楼上で、姉さまはお亡くなりになったのでしたっけ。

ふいに肌寒さを感じて、真白は周囲を見やった。

この楼上は、斎庭（ゆにわ）に運ばれてくるさまざまな物品がいっとき置かれる場で、今も大きな甕（かめ）やら籠（かご）やらが雑多に並んでいる。すでに綺麗に補修されているが、この物置のような場所に、火を噴く恐ろしい山神が現れたことがあったそうだ。そのとき不運にも楼上に留められていた姉は、あっけなく神に焼き殺されてしまったのである。

「おかわいそうに」

つい声が漏れた。おかわいそうに、お姉さま。もし神と相まみえていなければ、無事に里に戻れたでしょうに。ご友人の冤罪が晴らされたと知れましたし、わたしの晴れ姿も見ていただけましたでしょうに。

今度こそ、褒めていただけましたでしょうに。

義姉が死んで半年あまりが経ったあと、再び信じがたい一報が届いた。なんと春宮の寵妃を殺して死んだはずだった那緒が、実は国を救うために命を捧げたのだと明らかになり、大罪人から一転、大君から直々に葬礼を執り行われる身となったのである。

今まで那緒の父母を激しく責めたてていた真白の父は、その報を聞くや大慌てで謝罪に向かった。他の郡領よりも一刻も早く機嫌をとって、真白の再出仕を後押ししてもらうためである。

そんな父の尽力もあり、こうして真白は再び都の土を踏み、斎庭の一員となった。

だが――結局見る目のない上官のせいで、つまらぬ仕事をさせられている。

真白はみたび嘆息した。

(わたしはこんなところで、埃にまみれていてはならないのに)

里の期待を受けて、自分自身もその価値があると信じて釆女になったのだ。なのに肝心の斎庭だけが、真白の価値を見抜けない。

「どこかにもののわかった御方はいらっしゃらないのかしら」

傍らの籠から、どこぞの邦から納められた胡桃を手にとりつぶやいた。一度目のときに追い返した男の官人も、このたびの上官も、真白をしょせん地方からあがってきた釆女だと軽んじている。ものがわかっていないのだ。

上つ御方に会いたい。上つ御方ならば、絶対に見いだしてくれるはずなのに。

と、

「あらお前、ずいぶん不満げな顔をしているね」

ふいに話しかけられた。慌てて胡桃を放りだし振り返ると、見知らぬ女官が立っている。

「そういう顔をしている女官がなにを考えているのかはよく知ってる。お前の実力を買ってくださる御方に、お仕えしたいんだろう?」

薄気味悪い女だった。目には生気がなく、声も文書を読んでいるように抑揚がない。だがあまりに的を射ていて、真白は警戒もなにも忘れて、自慢の白絹のような頰を赤くした。

「ええ、ええ!　できることならば」

「ならちょうどいい。そういう者を探すよう、とある御方に仰せつかっていてね」

と女は、たいそう質のよい紙を使った書きつけを真白に渡した。

「こちらに、その御方とお会いできる日時と場所が書いてある。伺(うかが)うとよいよ」

それだけ言うと、くるりと背を向け去っていった。

ひとりになってから、真白は紙をひらいた。確かに日時と場所が記されている。

どうしよう、と今さらになって悩む。あの女官はなんだかおかしかった。怪(あや)しげな話に巻きこまれそうになったら、必ず報告するよう上官から言われている。

でも、本当にやんごとなき御方が、目に適(かな)う者を探しているのだったら。

これは絶好の機会なのかもしれない。

その夜、真白はひそかに女官町を抜けだした。生暖かい風が吹く中を、書きつけに記された場へと走った。

ゆきさきは、外庭(とつにわ)に通じる門の脇にある、掌鶏(しょうけい)を飼っている鶏司(とりのつかさ)の裏手だった。築地塀がつくる影の中に男がひとり立っている。

真白は息を呑み、両手で胸を押さえて慎重に近寄った。怖くはなかった。

「この時間、ここに伺うよう教えていただき、参った者です」

声をかけると、男は振り向いた。そうして影から一歩、月明かりの中へ足を踏みだした。

「よく来たな」

真白は思わず口を押さえた。

美しい立ち姿の男だ。だがそれよりなにより、男の装い(よそお)に目を奪われた。

頭には冠を戴(いただ)かず、髪は束髪に結われている。袍の色は、濃紫。

胸がばくばくと高鳴ってきた。この装いの者は斎庭(ゆにわ)にただひとりしかいない。

まさか、真白を召してくれたのは――

「……二藍さまにあらせられますか？」

期待を込めて尋ねると、男は目を細めた。

「いかにも」

たちまち真白は舞いあがった。二藍は斎庭の高官、なによりこの国の春宮である。今の真白にとっては姿すら拝(おが)めない雲の上の存在だ。先日の騒乱の無理がたたって静養していると聞いていたが、まさかこんなところで、こうして言葉をかけてもらえるなんて。

「恐れずともよいのだよ。わたしは常々こうして忍んでは、わたしのためにひそかに働く女官を見いだしているのだ」

二藍はにこやかに微笑むと、真白へ歩み寄った。

「……わたくしに、直々に使命を与えてくださるのですか？」

「そうだ。お前にはどうやら我がために働く器量があると見える。その気があるならば、密命を授けたいと考えているが」

真白の瞳は希望に輝いた。ああ、やはりわかるのだ。上つ御方ならば、ひとめで真白の真価を見抜けるものなのだ。

「喜んでお仕えいたします」

春宮直々の命(めい)を受けるようになれば、そのあたりの女官とは立場が違う。気に入られさえすれば、栄達の道がひらける。わたしの価値が、みなに認められる。

「それでわたくしは、どのようなお役目をいただけるのですか」

「お前は有能に見えるゆえ、なかなか難しい任を授けよう。神を招くのだ」

「神を？」

さすがに真白は戸惑った。

「ですがわたくしはまだ入庭(にゅうてい)したてです。神を招く術など詳しくは知らず――」

「構わぬよ。その程度はわたしが教えるし、難しいものでもない。なにより大切なのは、お前が秘密を守れるかどうかだ。これは表向きの祭祀ではない。ひそかに行われる、誰にも知られてはならない祭祀なのだよ」

「誰にも知られてはならない祭祀、でございますか」

わずかな疑念が胸に生じる。そんなもの、斎庭に存在しただろうか。斎庭で招ける神の総数は厳しく定められていて、すべての祭祀は妃宮の許可と監督のもとに行われていると聞いていたのだが――

「できぬと言うなら無理強いはしない。別の、もっと見込みのある女官を探すまでだ」

しかし冷たい二藍の言葉が耳をうつや、真白は逡巡を捨て去った。迷っている暇などないのだ。今この御方に去られたら、わたしの人生は終わってしまう。

「お待ちください、為せます、どうかわたくしにお任せください」

「まことか？　秘密を明かすようならば首が飛ぶぞ」

鋭い眼光が注がれてくる。真白は両手を握りしめた。

「まことにございます。どうかわたくしめに、神を招く術をお教えくださいませ」

とたんに冷ややかだった二藍の表情が一転、甘く緩む。

「ならば任せよう。ことの成否はお前にかかっている。頼んだぞ」

はい、と真白は、浮かされたように返事をした。

集英社オレンジ文庫をお買い上げいただき、ありがとうございます。
ご意見・ご感想をお待ちしております。

● あて先
〒101-8050　東京都千代田区一ツ橋2-5-10
集英社オレンジ文庫編集部 気付
奥乃桜子先生

神招きの庭　7

遠きふたつに月ひとつ

集英社
オレンジ文庫

2022年12月25日　第1刷発行
2023年 4 月12日　第2刷発行

著　者　奥乃桜子
発行者　今井孝昭
発行所　株式会社集英社
〒101-8050東京都千代田区一ツ橋2-5-10
電話【編集部】03-3230-6352
【読者係】03-3230-6080
【販売部】03-3230-6393（書店専用）
印刷所　大日本印刷株式会社

ISBN 978-4-08-680481-3 C0193

集英社オレンジ文庫

奥乃桜子

神招きの庭

（シリーズ）

①神招きの庭

神を招きもてなす兜坂国の斎庭で親友が怪死した。
綾芽は事件の真相を求め王弟・二藍の女官となる…。

②五色の矢は嵐つらぬく

心を操る神力のせいで孤独に生きる二藍に寄り添う綾芽。
そんな中、隣国の神が大凶作の神命をもたらした…！

③花を鎮める夢のさき

疫病を鎮める祭礼が失敗し、祭主が疫病ごと結界内に
閉じ込められた。救出に向かう綾芽だったが…？

④断ち切るは厄災の糸

神に抗う力を後世に残すため、愛する二藍と離れるよう
命じられた綾芽。惑う二人に大地震の神が迫る——！

⑤綾なす道は天を指す

命を落としたはずの二藍が生きていた!?　虚言の罪で
囚われた綾芽は真実を確かめるため脱獄を試みる…。

⑥庭のつねづね

巨大兎を追い、蝶を誘い、お忍びでお出かけも…？
神聖な斎庭で起きたおだやかなひと時を綴った番外編。

好評発売中

【電子書籍版も配信中　詳しくはこちら→http://ebooks.shueisha.co.jp/orange/】